隠居与力吟味帖

男の背中

牧 秀彦

学研M文庫

目次

本書は文庫のために書き下ろされた作品です。

第一話　初春の桜花

一

天保《てんぽう》十二年（一八四一）元旦。

年が明け、江戸の民はひとつずつ齢を重ねた。

富岡八幡宮《とみおかはちまんぐう》に向かう初詣の行列が途切れることなく続いている。

絶え間なく寒風が吹きつけていても、新しい年を迎えた人々の顔は晴れやかだ。

地元に住まう人々の目にも、今朝の八幡宮は一際神々しく映っていた。

河東《かとう》――大川《おおかわ》東岸で第一と賞される権現造《ごんげんづくり》の社殿の破風《はふ》が、新春の陽光にきらきら煌《きら》めいている。

澄み切った空の下、大鳥居がそびえ立つ様も清々《すがすが》しい。

初詣に訪れた群衆の中に、奇妙な取り合わせの四人連れが見出された。

年若い町方同心と初老の岡っ引き、そして隠居と思《おぼ》しき五十絡みの武士と可憐《かれん》な町娘である。

立場も世代も異なる四人は、和気藹々《あいあい》と石畳の参道を進み行く。

「いい陽気でよろしゅうござんしたね、旦那」

「ああ。これでこそ正月気分も出ようってもんだよな」

岡っ引きのつぶやきに、二十歳そこそこと思しき同心が機嫌よく応じる。

「新年早々の日本晴れとは、いい心持ちだぜ」

雪駄《せった》履きの足を闊達《かったつ》に進めつつ、同心は切れ長の双眸《そうぼう》を細めた。

彫りが深く男臭い造作《ぞうさく》に、新春の明るい陽光が照り映える。

出向いてくる前に湯屋で初湯を浴び、髪結床《かみゆいどこ》にも寄ってきたらしい。産毛の生えた頬は上気しており、形のよい顎《あご》に青々とした髭《ひげ》の剃《そ》り跡が目立つ。

伸びやかな長身に黄八丈《きはちじょう》の袷《あわせ》を着け、三つ紋付の黒羽織《くろばおり》を重ねている。

足拵《あしごしら》えは雪駄履きに裏白の紺足袋《たび》。

雪駄の踵《かかと》に打った尻鉄《しりがね》をちゃりちゃり鳴らし、石畳を踏んで歩を進めてゆく。

朱房《しゅぶさ》の十手《じって》など帯前に差していなくても、その装いと髪型さえ一目見れば、町奉行所勤めの廻方《まわりかた》同心と察しが付く。

黒羽織は裾を内側に捲《まく》り上げ、帯の後ろ腰に端を挟み込んでいた。こうしていれば動きやすく、大小の刀の鞘《さや》に被《かぶ》さることもないので粋《いき》に見える。町奉行所で外回りに専従する廻方同心たちに特有の、巻羽織《まきばおり》と称する着こなしだ。

鬢付《びんつ》け油も芳《かぐわ》しい丁髷《ちょんまげ》の形は、細くて短い小銀杏髷《こいちょう》。月代《さかやき》を広めに剃り上げ、鬢の毛を頬へ向かって一直線に剃り落とした、見るからにさっぱりとした髪型だ。

廻方同心は庶民の暮らしに密着し、市井《しせい》の老若男女から情報を収集しながら市中の見廻りや事件の探索に従事するのが役目である。権威を重んじる常の武士とは違って、町人風の結い方にしているほうが受けもよいのだ。

定員は若手の定廻と熟練の臨時廻が各六名ずつの十二名。南北町奉行所で合わせて二十四名。

彼ら廻方同心たちは御成先御免《おなりさきごめん》――たとえ将軍家の行列先でもお構いなしの着流しに巻羽織姿で勤務する一方、武家らしからぬ伝法《でんぽう》な喋り方をするのも独特の習俗だった。

この同心の名は高田俊平《たかだしゅんぺい》、二十二歳。

北町奉行所に出仕して二年目を迎えたばかりの若輩《じゃくはい》が、奉行所の花形である廻方を務めるとは異例中の異例のことだ。

捕物で金星を挙げ、見習いの番方若同心から定廻に昇格したのは昨年の六月。持ち場として築地《つきじ》の本願寺《ほんがんじ》一帯を任せられ、年の瀬には門前《もんぜん》町を跳梁《ちょうりょう》する掏摸《すり》や置き引きの警戒に日々忙殺されたものである。

それでも、何とか落ち度なく勤め上げ、昨夜の大晦日《おおみそか》に長年《ちょうねん》の申し付け——来年も引き続き、定廻の勤務をすることを許された。

元日を迎えた今日は一日、非番でゆっくりしていられる。

河東は本所方同心の管轄《かんかつ》であり、深川《ふかがわ》と本所《ほんじょ》には町奉行所の出先機関として鞘番所《さやばんしょ》も設置されているので、事件の発生に備えて気を張る必要はない。

もとより深川界隈《かいわい》は地元の結束が強く、富岡八幡宮の氏子《うじこ》として生まれ育った土地の男衆《おとこしゅう》が境内近くの番所に交代で詰めてくれているため、何の心配もありはしなかった。

なればこそ親しい人々と連れ立って初詣に繰り出し、寛いだ表情を浮かべてもいられるのだ。

初詣の行列は進み、一同は社殿の正面まで辿り着いた。

「今年もいい年にしたいもんですね、ご隠居」

袂《たもと》を探りながら、俊平は連れの武士に語りかける。

「そう思うんならよ、賽銭《さいせん》をたーんと弾むこったぜ」

五十絡みの武士は伝法な口調で切り返し、にっと俊平に笑いかける。

小粋な装いだった。奢侈品《しゃしひん》の禁制などまったく意に介さぬ風で、高価な縞縮緬《しまちりめん》の着流しに舶載品《はくさいひん》の天鵞絨《びろうど》製の長羽織を重ねている。

のである。

襟巻《えりま》きだけは安価な屑繭《くずまゆ》から紡いだ糸を編んだものだが、慎ましくも暖かそうなものである。

大小の二刀を帯びず、喰出鍔《はみだしつば》の小《こ》脇差を一振りのみ帯前に差していることから、禄《ろく》を離れた身と判る。

御役に就《つ》いていれば非番の折でも外出時は二本差し姿でいなくてはならないが、浪人と元服《げんぷく》前の少年、そして隠居はお構いなしだからだ。

武士の身の丈は五尺五寸（約一六五センチメートル）ばかり。俊平と比べればやや小柄だが、この時代の成人男性としては高身長の部類であった。

俊平とは馴染んで久しい間柄らしく、話す口調は打ち解けている。

「ったく、お前さんは吝《しわ》くっていけねぇや。年に一度の初詣ぐれぇ、もうちっと色を付けな」

鼻梁《びりょう》も高い細面《ほそおもて》に、武士は変わることなく柔和な笑みを浮かべている。

役者絵を思わせる、優美で端整な顔立ちだ。

目尻や口元には齢相応に皺《しわ》が刻まれているが、髪は黒々としていて若々しい。月代にもきちんと剃りが入っており、隠居しても老け込まず、身だしなみには日々気を配っていることが察せられる。

宇野幸内《うのこうない》、五十三歳。

今は気楽な隠居の身だが、一昨年まで南町奉行所で吟味方《ぎんみがた》の要職を勤めていた辣腕《らつわん》の元与力である。

かつて務めた吟味方は、奉行の名代《みょうだい》として犯罪者を裁く役職である。悪党どもから鬼と恐れられ、弱き人々からは仏と慕われて止まなかった名与力も、第一線を退いて久しい。

再三の慰留《いりゅう》に応じず職を辞し、長年住み慣れた八丁堀《はっちょうぼり》の組屋敷を引き払った幸内は一人の若い女中のみを伴い、ここ富岡八幡宮から四半刻《しはんとき》（約三十分）ほど歩いた新大《しんおお》橋《はし》近くに移り住んでいた。

そんな幸内に俊平は常々頭が上がらない。難事件にぶつかるたびに新大橋の隠居所へ足を運び、知恵を借りている立場だからだ。

「聞いてるぜぇ、若いの」

大柄な俊平をじっと見上げ、幸内は言った。

「本願寺さんに毎度お参りするときにも、鐚銭《びたせん》しか放らねぇんだってな?」

「な、何故《なぜ》にご存じなのですか」

思わず動揺した声を上げながら、俊平は手のひらに握った四文銭を隠す。先程までの威勢のいい口調は鳴りを潜め、すっかりお株を奪われていた。

その様を可笑《おか》しそうに見返しつつ、幸内は続けて言う。

「政《まさ》が教えてくれたのよ。お前さんの実入りが今のまんまじゃ、月々のお手当を頂戴するのも気が引けるって、な」

「な……何を余計なこと言ってやがんでぇ、とっつあん！」

「わっちは心配してるんですぜ、旦那ぁ」

動揺を募らせる俊平に、脇に立った岡っ引きが苦笑まじりに告げる。仁王像を思わせる厳《いか》めしい顔が、今は人懐っこい表情になっていた。

政吉《まさきち》、六十一歳。

俊平専属の御用聞きとなって一年目の政吉は、身の丈六尺近くの巨漢である。腕も足も際立って太く、腹は力士と見紛うほど大きく迫《せ》り出している。頭髪が半ば白いのを除けば、剽悍《ひょうかん》な俊平と向き合っていても何ら見劣りしなかった。

ともあれ、事実を指摘されては抗弁もできない。

俊平は再び袂を探り、数枚の銅銭を摘み上げた。

ぱん、ぱんと柏手《かしわで》を打ち、四人は厳かに合掌《がっしょう》した。

社殿の破風に新春の陽光が照り映える。しかし、俊平の顔はどこか冴えぬままだった。

二

礼拝を終えた一同は左足から一歩退き、踵を返した。

初詣の行列が途切れず続く参道を逸《そ》れ、裏門を出て家路に就《つ》くのだ。

先頭に立つ俊平の顔色は、先程からあまりよくない。

幸内に指摘されたことを、根に持っているわけではなかった。

言われた通り、このところ俊平はシケている。

御役に就いてみて判ったことだが、廻方同心の日常は存外《ぞんがい》に出費が多い。町民たちに聞き込みをして情報を得るにも心付けを惜しんでいては渋い顔をされるし、満足な額とは言えぬまでも、政吉に月々の給金を渡さなくてはならないからだ。

同心の給与は三十俵二人扶持《ぶち》。無償で組屋敷を貸し与えられているとはいえ、薄給の身に余分な銭などありはしない。

されど、実家に援助を頼むのは筋違いだった。

元を正せば俊平は武士ではない。本郷《ほんごう》の薬種問屋の後継ぎである。

母親は早くに亡くなり、家族は父親と出戻りの姉の二人きりだ。

長男として店を継がねばならないのに、年少の頃から剣術修行に熱中し、直参《じきさん》の子弟を相手に喧嘩三昧《けんかざんまい》の日々を送っていた。

喧嘩といっても自ら仕掛けるわけではなく、いつも一方的に売られたのを買うだけのことである。将軍直属の家臣たる旗本や御家人は自尊心が極めて強く、素町人《すちようにん》の倅《せがれ》のくせに、剣の腕が強いと評判の俊平は鼻につく存在だったからだ。

一時は江戸市中で町民が剣術を学ぶことを全面的に禁止していた公儀の規制もすっかり緩くなり、御法の上では咎《とが》め立てされる謂《い》われなど何もない。それでも若い直参どもは俊平を憎悪してやまず、時として闇討ちまでされる始末だった。

直参の権威を誇っていても、実態は少ない禄米だけでは食いつなげず、札差《ふださし》――禄《ろく》米《まい》を換金する業者から借金を重ねて汲々《きゆうきゆう》としていた旗本と御家人の子弟にとって、大店《おおだな》の一人息子という金銭的に恵まれた立場も許し難かったのだろう。

俊平にしてみれば理不尽な話だが、徒党を組んで聞く耳持たずの相手から潰す気満々で打ちかかってこられては、わが身を守るために迎え撃つより他にない。竹刀で来れば竹刀、木刀ならば木刀で応じて返り討ちにし、一度として後《おく》れを取ったりはしなかった。

下手をすれば無礼討ちにもされかねない話だが、町人の倅にしてやられた若侍の親たちは世間体を重んじ、事を表沙汰にせずにいたものだ。

そんな十代の日々を過ごした俊平も二十歳を過ぎ、将来を真剣に考えなくてはならない時期がきた。

直参の権威をものともせずに堂々と戦ってきたのは見上げた心意気だが、このままでは商家のあるじに収まったところで、武士に頭を下げることなど無理な相談である。

そんな一人息子の暴れん坊ぶりを長年見てきた父の太兵衛《たへえ》は冷静に適性を見極め、流行《はや》り病《やまい》で急逝《きゅうせい》した北町奉行所の同心の株を買って、十分にしてくれたのである。

ただでさえ親不孝を重ねているのに、金銭の援助など求めてはなるまい。俊平はそう思い定め、少ない扶持でやり繰りをしている。

されど、先立つものがないのはやはり困る。

決して個人の遊興《ゆうきょう》のために散財しているわけではなく、情報を仕入れたり岡っ引きを雇うといった奉行所の仕事を遂行する上で必要な経費なのに、何もかも持ち出しというのは厳しい。俊平が賽銭を惜しむのも、無理からぬことだった。

「我ら下《しも》つ方《かた》は労多くして報われぬものですね、ご隠居《いんきょ》」

「そう落ち込むねぇ、若いの」

愚痴《ぐち》る俊平と肩を並べて歩きながら、幸内はつぶやく。

「お前さんさえ一人前になりゃ、金回りなんざすぐによくなるこったろうよ」

「扶持が増えるはずもありませぬのに……それはまた、何故ですか」

「付け届けがあるからさ」

「付け届け……？」

「やれやれ、先《せん》に築地を見廻ってた同心《やつ》から何も聞かされちゃいねぇのかい。ったく、北町の連中は冷てぇなぁ」

　きょとんとする俊平に呆れた顔をして見せながらも、幸内は言葉を続ける。

「こいつぁ廻方だけの役得ってやつでな、見廻りの持ち場内に店を構えてる連中から、盆暮れに挨拶の品が届くのよ。大抵はお金《あし》を添えた上でな」

「それは……賂《まいない》（賄賂《わいろ》）とは違うのですか」

「違うよ」

　驚く俊平に、幸内はさらりと言ってのける。

「付け届けってのは頂戴《す》するたびに、見返りをしてやるにゃ及ばねぇ銭なのさ。もしも何かあったときに助けてほしいってんで、骨折り賃を先払いしてくれてるだけなんだからなぁ」

　幸内が何を言わんとしているのか、俊平も薄々察しがついてきた。

「ご隠居、もしや拙者《せっしゃ》は」

「そう。悪党どもをお縄にするのは上手でも、面倒ごとを丸く収める腕のほうは当てにされちゃいねぇってことなのさ。ほんとならお前さんとこに廻ってくるはずの付け届けもよぉ、昨夜《ゆんべ》のうちに別の同心の屋敷に届いてるこったろうぜ」

「左様《さよう》でしたか……」

正鵠《せいこく》を射た一言を告げられ、俊平はがっくりと肩を落とす。

そういえば実家の薬種問屋でも、界隈を持ち場とする同心とお抱えの岡っ引きには中元と歳暮を贈るのを欠かしておらず、折に触れて寸志《すんし》も包んでいる。

父親が一手に仕切る店のことに口を挟むわけにはいかないため黙っていたが、日頃から挨拶をしておかなくては動いてくれぬほど融通の効かぬのは何故なのかと、常々首を傾げずにはいられなかったものだ。

しかし、自分が十手を預かる立場となった今は得心《とくしん》もいく。まだ見習いだった頃は実感できなかったが、いざ本採用になってみると、三十俵二人扶持は安すぎた。

俊平は独り身だから三度の飯にまで窮《きゅう》していないが、所帯持ちでは食っていくのも難しいはずである。にも拘《かか》わらず先輩同心たち、とりわけ廻方の面々は金回りがいいのも、常日頃より付け届けがあればこそなのだ。

奉行所では聞き込みの駄賃《だちん》や岡っ引きへの給金を経費として認めぬ代わりに、持ち場の商家から付け届けを受け取ることを黙認している。

なればこそ内勤の同心たちは皆、廻方になりたがるのだ。

されど、俊平自身はそういった役得に預かったことが一度もなかった。見廻り中に寄っても店先で茶菓《さか》を供されるばかりであり、歳暮の品どころか慰労《いろう》の宴席を設けてもらった覚えもない。

不景気続きで商人たちも手元不如意《ふにょい》なのだろうと解釈し、催促するのも野暮《やぼ》なことと割り切っていたのだが、実のところは違うらしい。

若いながら捕物上手と評判を勝ち得た俊平だが、商人たちは全幅の信頼を預けるには至らず、以前に築地《つきじ》界隈を見廻りの持ち場にしていた同心に継続して金品を贈っているのだ。

町民が奉行所の役人を当てにするのは、犯罪の被害に遭《あ》わぬためだけではない。町奉行所では刑事に加えて民事も担当し、公事《くじ》（訴訟）にも関与する。商売の上のことで法的な手続きを取るのにも、町方の与力や同心の力が必要なのだ。

表向きは奉行所が関与しないことだが、子どもが喧嘩で相手に怪我《けが》を負わせたりして示談金《じだんきん》で内々に片を付けるときには、場が険悪にならぬように立ち合うこともある。

用事が何であれ、こちらから奉行所に訪ねていくのは遠慮が多い。その点、廻方の同心衆はふだんから市中を巡回しており、足を運んでくれるので、こちらが忙しい最中でも面倒がない。

同じ廻方でも臨時廻の同心たちはとりわけ経験豊富で頼り甲斐《がい》があり、日頃から金品を渡していても無駄金にはならなかった。

しかるに俊平の場合、まだまだ若い。

本願寺《ほんがんじ》の門前町を跳梁《ちょうりょう》する掏摸やかっぱらいを懲《こ》らしめる腕っぷしは強いと判《わか》っていても、民事訴訟の便宜を図ったり示談の仲裁役を務めるのは難しそうである。ならば銭を惜しまず、どうせなら古参《こさん》同心を頼ったほうがいいと見なしているのだ。

要するに、商人たちは無駄金を遣わないのである。

「気がついてたのかい、とっつあん？」

「へい。黙っててすみやせん」

振り向いた俊平に問い質され、政吉が申し訳なさそうに口を開いた。

「わっちが割り込んで勝手に話《なし》をつけたんじゃ、旦那のお顔を潰すことになっちまいやすんでねぇ」

「…………」

どの商家でも俊平に付け届けをしない以上、お抱えの岡っ引きである政吉にだけ金品を贈るわけにはいくまい。年の功で頼りになると判っていても、若い抱え主を差し置いてはうまくないからだ。

「ま、めげずにしっかりやりなよ」

幸内は落ち込む俊平の肩をばしんと叩く。

「年明けってのは、出直すのにいい折だぜ。十手棒を振り回してるだけじゃ御用は務まらねぇって肝《きも》に銘《めい》じて、ちっとは頭を鍛え直しな」

「はぁ……」

「今年からは捕物帖《とりものちょう》ばっかりじゃなく、古い公事の控えも片っ端から読み返してみるこった。大店の旦那方から何を訊かれたって目を白黒させねぇで、空ですらすら答えられるようになぁ」

「そ、それは難しゅうございまする」

俊平は思わず頭を振った。

奉行所内の書庫には文書が大量に保管されている。犯罪捜査のために過去の事件の報告書を参照するのはしばしばだが、ややこしい公事の裁判記録などは手に取りたいとも思わない。

写本が閲覧《えつらん》可能な『御定書百箇条《おさだめがきひゃっかじょう》』も、刑事事件の裁きに関する項目を拾い読みすることしかできていなかった。

法に携わる立場でありながら、民事は苦手というのは片落ちである。そんな俊平の弱いところを、幸内はこの機に改めてやるつもりらしい。

「見廻りで忙しいから閑《ひま》なんぞありゃしねぇ、とでも言うつもりかえ」

言い訳しようとするのに構わず、幸内はずばっと告げる。

「自慢じゃねぇが、俺がお前さんの齢《わけ》の頃にゃ、勤めと道場通いをしながら書庫に毎日二刻《ふたとき》は籠《こ》もってたもんだぜ。いい若え者が、そのぐれぇの意気込みを持たなくてどうするんだい。ええ？」

まるで出来の悪い息子に説教する、父親のような口調である。しかも自分には出来もしなかったことを押しつけているわけではなく、きちんと実績を踏まえた上の言葉なのだから、俊平は反論できない。

溜め息を吐くばかりの若者の後ろ姿を、連れの女中が気の毒そうに見やる。

身の丈は五尺二寸（約一五六センチメートル）余り。

黒目がちの双眸《そうぼう》が愛らしい。

顔はまるみを帯び、小ぶりな鼻がつんと上を向いている。純朴そうな顔立ちでも胸と腰は豊かに張り出しており、見るからに健康な美しさを備えていた。

憐《れん》、十九歳。

楽隠居して読書三昧の日々を満喫《まんきつ》する幸内のため、いつも甲斐甲斐《かいがい》しく身の回りの世話を焼いている唯一の家人《かじん》である。

憐の双親《ふたおや》は流行り病で亡くなっており、他に身寄りもいない。同様に天涯孤独の身で妻を早くに失った幸内にとっては親代わりとして守ってやりたい、実の娘とも想える存在であった。

「町方のお役目とは大変なのですね、政小父《おじ》さん……」

「だから時々はうるせぇことも言って差し上げなくっちゃならねぇのさ、お憐坊」

つぶやくお憐に、政吉は小声で答える。

この政吉も、かつて幸内に奉公していた身である。

戦国乱世の軍制を基にした武家の職制上、小隊指揮官に相当する与力は自前の馬と鑓《やり》を持つことを平時から義務づけられていたため、奉行所に出仕するときには鑓持ちを同行させるのが常であった。

政吉はその鑓持ちを永らく務め、捕物御用も手伝ってきたのだ。若い俊平を支えてやってほしいと幸内から話を持ちかけられ、二つ返事で引き受けたのも昔取った杵柄《きねづか》だからこそであった。

付け届けが得られずにいる俊平に対し、最初から不満など抱いてもいない。ふだんは新大橋《しんおおはし》に近い霊巌寺《れいがんじ》で住み込みの寺男として働いており、実のところは悶っ引きの給金など一文《いちもん》も必要としていなかった。

しかし、そう言って安心させては俊平に甘えが生じてしまう。

若い者を成長させる上では、折に触れて発破《はっぱ》を掛けることが必要だ。

俊平には得意の捕物の腕を磨くだけでなく頭も鍛えさせ、刑事にも民事にも等しく通暁《つうぎょう》させることが今後の課題であった。

付け届けを受け取りたいがためだけにお役目に励まれては困りものだが、もとより俊平は金銭に淡泊な質である。

間違っても金の亡者《もうじゃ》と化することはないと信じていればこそ、政吉は幸内と示し合わせ、いつものように鐚銭《あお》一枚きりで済ませるであろう賽銭の件をねたに、もっと勉強をしろと新年早々に煽ったのだ。

妻子を持たぬ幸内は憐のことを実の娘に等しいと想う一方、俊平を出来が悪いほど可愛い息子のようなものだと見なしている。

そんな幸内に近い感情を、政吉も抱いていた。一度は些細な喧嘩が発端で険悪な仲になりかけたものだが、今ではより親しみを感じ、余裕を持って接することができている。

共に子どもがいない同士、若くて血気盛んな俊平をよりよい方向へ教え導いてやりたいと想ってやまずにいるのだった。

三

富岡八幡宮を後にした四人は清澄町《きよすみ》を通り過ぎ、万年橋《まんねんばし》の辺りまでやって来た。

深川最大の運河である小名木川《おなぎ》に架かる万年橋は、長さ二十三間（約四一・八メートル）、幅二間（約三・六メートル）の渡月橋である。

この万年橋を渡りきれば、幸内の構える隠居所はすぐそこだ。

歩を進める四人の左手には大川のたゆたう流れと、新大橋が見える。

新大橋は長さ百八間（約一九六・四メートル）。

日本橋浜町《にほんばしはま》と深川の森下《もりした》町界隈を繋《つな》ぐ橋として元禄《げんろく》六年（一六九三）に架けられた位置は、後世の電飾で彩られた鉄橋よりも二町（約二一八・二メートル）ほど下流に当たる、大川と小名木川の合流域であった。

雲ひとつない空に、陽は高く昇っていた。

岸辺では百合鷗《ゆりかもめ》たちが羽を休め、気持ちよさげに日光浴を楽しんでいる。

「いつ見ても呑気にしてらぁ。ったく、こいつらにゃ盆も正月も拘《かか》わりねぇやな……羨ましいと思わねぇかい、若いの」

「は……」

ひとりごちる幸内に、俊平はふっと笑みを誘われる。

先程までの屈託ぶりから一変し、いつもの明るい表情を取り戻していた。

「あーあ、俺も今年こそのんびり過ごしてぇもんだぜ」

「これより上の長閑《のどか》なお暮らしはございますまい、ご隠居」

「馬鹿野郎、俺には俺なりに苦労があるんだい」

「されど、日々読本《よみほん》三昧なのでありましょう？　新刊が出るたびにお買い求めと聞き及んでおりまする」

俊平の返答を聞き、幸内はわずかに驚いて言った。

「ど、どうして知ってんだい？」

「お憐さんも政吉とっつあんもぼやいておりますよ。新大橋を渡って書肆《しょし》（書店）へ出向くのを億劫《おっくう》がって、ご隠居から買い物を始終頼まれておると……籠もってばかりでは足弱になりまするぞ」

「へっ、面目《めんもく》ねぇ」

一本取られた幸内は思わず苦笑する。

後に続く政吉と憐も、揃って表情を綻《ほころ》ばせていた。

宇野幸内という人物には、嫌味というものがまったくない。人を説教した後で話を蒸し返すような真似はせず、こうして無邪気に振る舞うのが常なのだ。

そんな打ち解けた雰囲気が、不意に破られた。

左手から聞こえてきたのは、鋭い呼子笛《よびこぶえ》の音である。

どうやら、正月早々の捕物らしい。

捕物装束に身を固めた与力の指揮の下、武装した同心と捕方《とりかた》が新大橋を架け渡っていく。

昼日中から出張ってきたのは、町奉行所の手の者ではない。

火付盗賊改《ひつけとうぞくあらため》——俗に火盗改《かとうあらため》と称され、凶悪犯の武装強盗や博徒《ばくと》を専門に取り締まる若年寄《わかどしより》直属の特別警察だ。

「御用だ！」

「御用だっ!!」

捕方の一団を率いた与力と同心が血眼《ちまなこ》で駆けゆく先は万年橋北詰の河岸、ちょうど幸内の隠居所がある方向だった。

「何事でありましょうか、ご隠居」

「火盗の出番となりゃ盗《ぬす》っ人《と》に決まってらぁな、若いの」

我関せずといった顔で、幸内はつぶやく。

早くも捕物は始まっていた。

河岸に面した仕舞屋《しもたや》の板戸が破られ、捕方が突入していく。

「甘いなぁ」

「え？」

「いきなり呼子なんぞ鳴らしちゃ、これから乗り込みますよって広目《ひろめ》（宣伝）してるみてぇなもんだ。昼日中の捕物だからって、いろはを忘れちゃいけねぇやな」

つぶやく幸内の視線の向こうに、一群の盗賊が現れた。

裏口から脱出してきた十名ほどの男は皆、晴れ着の紋付姿である。

町民は常着とすることが許されぬ羽織袴《はおりはかま》だが、祝い事のときだけは堂々と着て歩くことができる。盗賊どもは年始の客を装い、この仕舞屋に集まっていたのである。

袴の裾を乱して駆ける男たちは、手に手に長脇差《ながどす》を引っ提《さ》げている。呼子笛の音を聞きつけて危険を察知し、隠れ家に備え付けの得物《えもの》を携えて飛び出してきたのだ。

「放っておきねぇ、若いの」

加勢に走ろうとする俊平の腕を、幸内はぐいっと摑《つか》む。

「お前さんにとっちゃ、斬った張ったが同心稼業《かぎょう》の醍醐味《だいごみ》ってやつなんだろうが、正月ぐれぇはゆっくりするもんだぜ」

「お気持ちは有難く存じまするが、このままでは……」

「餅《もち》は餅屋だ、この手の荒事は連中に任せておきねぇ」

しかし、幸内の期待に反し、火盗改は苦戦を強《し》いられていた。

盗賊どもは打ちかかる捕方の六尺棒《ろくしゃくぼう》をものともせず、長脇差で斬り払う。捕方たちでは歯が立たぬと見た同心が抜刀しても動じることなく、ぎらつく剣尖を突き出して、容易には攻め込ませない。

一味を率いていたのは大きな双眸が目立つ、猿を思わせる造作の小男だった。

その姿を目の当たりにしたとたん、俊平の双眸が喝《かっ》と見開かれた。

「あやつは……猿《ましら》の甚助《じんすけ》!」

かねてより手配中だった盗賊の名前である。

暮れに日本橋の大店へ押し込み、一家皆殺しを働いた外道《げどう》一味の頭目だ。南北の町奉行所の懸命の捜査にも拘わらず潜伏先は突き止められず、捕縛は年明けに持ち越されたままになっていた。

「間違いねぇのかい、若いの？」

「はいっ」

念を押す幸内に、俊平は確信を込めて頷く。懐中《かいちゅう》から取り出した人相書きは見紛うことなく、長脇差を機敏に振るう小男の面体《めんてい》と一致していた。

新大橋の界隈では目にしたことのない顔だった。恐らくはあの仕舞屋をあらかじめ用意しておき、夜陰に乗じて入り込んだまま年を越したのだろう。

「年明け早々から、一仕事やらかすつもりだったんだろうよ」

幸内のつぶやきに、俊平は無言で頷き返す。

許し難い手合いである。

夜通し起きて新年を迎えた人々は元旦に馳走《ちそう》と酒を楽しみ、疲れもあって早寝をしてしまう。初夢を楽しみに熟睡している隙を突けば、侵入するのも容易《たやす》い。

本格の盗人《ぬすっと》ならば、そもそも凶器など準備するはずがあるまい。

この連中は人を殺《あや》めるのを厭《いと》わずに荒稼ぎする、外道働きの一党なのだ。

火盗改は相変わらず苦戦していた。

狭い河岸では包囲して動きを封じるのも難しい。まだ死者こそ出ていないが捕方は戦意を喪失し、抜刀した与力と同心も、左右から斬り立ててくる盗賊どもの凶刃を防ぐのに精一杯だった。

「加勢するとしようかい、若いの」

「はっ！」

幸内に背中を叩かれ、俊平は満を持して答える。

「お憐さんを頼むぜ、とっつあん」

政吉に一声告げるや、だっと万年橋を駆け渡る。

後に続く幸内の足取りも力強い。

「やれやれ、似た者同士だねぇ」

見送りながらぼやく政吉に、憐も苦笑しながら頷くのであった。

すでに、盗賊どもは橋の北詰まで逃れ来ていた。

その行く手を阻むべく、二人は仁王立《におうだ》ちになる。

「野郎っ」

長脇差が唸りを上げて迫り来た刹那《せつな》、鋭い金属音が上がる。

凶刃は、横一文字に抜き上げた脇差に阻まれていた。

「正月早々、物騒《ぶっそう》なもんを振り回すんじゃねぇ！」

一喝《いっかつ》すると同時に、幸内は刀身を斜《はす》にする。

ぎゃりんと凶刀を受け流した次の瞬間、俊平は当て身を喰らわせた。

刀を抜くことなく、左腰に帯びたままの状態で柄《つか》を旋回させて打撃したのだ。

この二人は、異なる流派の剣を修めている。

幸内は小野派一刀流《おのはいっとうりゅう》。江戸開府から間もない頃、柳生《やぎゅう》一門ともども三代将軍家光《いえみつ》の剣術師範を務め上げた小野次郎右衛門忠常《おのじろうえもんただつね》に連なる小野派一刀流は、戦国乱世の剣聖の一人である伊藤一刀斎景久《いとういっとうさいかげひさ》が興《おこ》した一刀流《いっとうりゅう》の技を今に受け継ぐ名門だ。

対する俊平は天然理心流《てんねんりしんりゅう》。遠江《とおとうみ》国の郷士（半士半農の侍）出の近藤内蔵之助長裕《こんどうくらのすけながひろ》を開祖とし、創始されてから未だ五十年足らずの新興流派だが、実戦性の高さでは引けを取らない。

俊平は三代宗家の近藤周助邦武《しゅうすけくにたけ》に師事し、刀を抜かずに敵を制する裏技の数々まで伝授されていた。

老若の二人は鮮やかな手際を見せた。

幸内が続けざまに脇差を一閃《いっせん》させるや、盗賊どもは血煙《ちけむり》を上げることなくばたばたと打ち倒されていく。峰打ちを遣《つか》ったのだ。

峰打ちは刃が敵の体に届く寸前に刀身を反転させ、峰で軽く打つことにより失神を誘う高等技術である。打撃の威力で昏倒《こんとう》させるのではなく、ぎりぎりのところで峰を返して斬られたと思い込ませるのだ。

「元旦から殺生《せっしょう》をしたんじゃ後生に障るぜぇ、若いの！」

「承知！」

幸内の一声を背に受けて、俊平は柄をぶんっと振るう。

斬りかからんとした盗賊がまた一人、打撃を喰らって倒れ伏す。

たちまち劣勢に陥った一味の頭目――猿の甚助は配下を見捨てて逃げ出した。

「くそったれ、捕まって堪《たま》るけぇ！」

一声吠えるや、甚助は橋の欄干《らんかん》に跳び上がる。

猿の異名《いみょう》を冠《かん》するだけあって、機敏な体捌きだ。

大跳躍で俊平と幸内の頭上を越え、甚助は橋に降り立った。

大きな双眸をぎらつかせ、橋の中央に立つ憐と政吉に向かって突進する。

刹那、政吉の豪腕が唸《うな》りを上げた。

凶刃を振るう間もなく吹っ飛び、甚助は眼下の小名木川に叩き込まれる。

政吉は、ただの武家奉公人上がりではない。かつては無頼漢《ぶらいかん》として市中の盛り場で暴れ回り、奉行所の手を焼かせていた喧嘩上手なのだ。

残る盗賊の配下は二人きりとなった。

「ひっ……」

怯《おび》えた声を上げながら、二人は橋の北詰へ逃れようとする。

その行く手に、一人の武士が立ち塞《ふさ》がった。

火盗改の与力ではない。地味な着流し姿で深編笠《ふかあみがさ》を被った、浪人体《てい》の中年男だ。

「退《の》きやがれぃ！」

「邪魔立てしやがるとぶっすりいくぜぇ！」

目を血走らせて威嚇《いかく》しながら、盗賊どもは疾駆する。

武士は構うことなく、深編笠を被ったまま、ずんずんと進み行く。

間合いが詰まった瞬間、二人の賊《ぞく》は薙《な》ぎ倒された。

抜く手も見せずに振るったのは刀ではない。

柄だけは刀と同じく丈夫な木綿糸《もめんいと》を菱形《ひしがた》に巻き付けた握り柄《え》付きの十手は、かつて火付盗賊改の名長官として知られた長谷川平蔵宣以《はせがわへいぞうのぶため》も愛用した捕具《とりぐ》である。火盗改と町奉行所の別を問わず、与力や同心が所持できる代物《しろもの》ではなかった。

失神した二人を見下ろしながら、武士は十手を懐中に戻す。抜き打ったときと同様に、速やかな所作《しょさ》であった。

「ったく、正月だってぇのに無粋《ぶすい》な野郎どもだぜ」

苦笑を漏らしつつ、武士は編笠を脱ぐ。

苦み走った、精悍な造作が陽光に照り映える。

身の丈こそ並だが、捲《まく》れた袖口から剝《む》き出しになった諸腕《もろうで》は太く逞《たくま》しい。

遠山左衛門尉景元《とおやまさえもんのじょうかげもと》、四十九歳。着任して一年目を迎えたばかりの北町奉行だ。

「どうしなすったんです、お奉行？」

駆け寄ってきた幸内が、驚いた様子で呼びかける。

今日は呉服橋御門《ごふくばしごもん》内にある奉行所の奥（居住部）で家人と屠蘇《とそ》を祝った後、市中の彼方此方《あちこち》から新年の挨拶に足を運んでくる、豪商連中や諸大名家の用人たちの饗応《きょうおう》に追われている時分のはずだった。

子細を問うまでもなく、遠山はあっさり答えた。

「面倒臭えんでな……風邪っぴきってことにして、ぜーんぶ任せてきたよ」

「なるほどなぁ、金四郎《きんしろう》さんらしいや」

幸内はからりと笑い返す。

この二人、昔馴染みの仲である。

旗本の家を継ぐのを嫌って屋敷を飛び出し、遊び人の金四郎と称して無頼の暮らしを送っていた若き日の遠山を幸内は教え諭《さと》し、時として探索や捕物の手伝いもさせていたのだ。

「昔取った杵柄《きねづか》、まだいけるだろ？」

「ご謙遜《けんそん》を。あの頃よりも、でぇぶ腕を上げなすったんじゃないですかね」

「へっ、お前さんのほうこそ見事な峰打ちだったぜ」

遠山と幸内が軽口を叩き合っているところに、火盗改の面々が現れた。

「不甲斐《ふがい》なきところをお見せいたし、面目次第もござらぬ」

与力が陣笠を外し、慚愧《ざんき》の念に耐えぬ様子で告げてきた。

率いてきた一団がまるで役に立たず、たまたま通りかかった幸内たちが助っ人をしてくれなければ捕り逃していたとなれば、現場指揮官として恥じ入るのも当然だろう。

「ご苦労なこったな」

応じて、にっと遠山は微笑みかける。

「こいつぁお前さん方の手柄だ。早いとこ、縄を打ちねぇ」

「か……構わぬのでございますか？」

「遠山左衛門尉が見届けたって、長官殿《おかしら》によろしく伝えてくんな」

「こ、心得ました。ありがとうございます」

与力は戸惑いながらも謝意を込めて一礼する。

正月早々から江戸の町に惨劇《さんげき》が起こるのを未然に防ぎ得た以上、遠山としては何も問題視せぬつもりらしい。もとより手柄を奪う気もないのだ。

去り行く火盗改を笑顔で見送り、遠山は改めて幸内たちに向き直る。

よくよく見れば、左手に徳利《とくり》を提《さ》げていた。

「年始の挨拶《あいさつ》代わりに持ってきたぜ。納めてくんな」

「こいつぁお誂《あつら》え向きだ」

一礼して受け取りつつ、幸内はにっこりする。

隠居所には憐が腕によりを掛けたお節《せち》料理が一式用意され、雑煮《ぞうに》と煮染めの支度《したく》も調っている。客人の顔ぶれが揃ったところで、後は歓を尽くすのみだった。

四

「わっちまでご馳走に預かっちまって、よろしいんですかい？」

「堅っ苦しく考えなさんな。さ、無礼講《ぶれいこう》といこうぜ」

恐縮《きょうしゅく》しきりの政吉に、遠山はからりと笑って見せる。

夕闇に包まれた隠居所で、四人の男たちは囲炉裏《いろり》を囲んでいた。

隠居所は小体《こてい》な構えである。

一階には台所に湯殿《ゆどの》、囲炉裏が切られた板の間と、幸内が私室にしている六畳敷きの畳の間がひとつきり。住み込み奉公の憐は二階に寝部屋を与えられており、あるじの幸内はこよなく好む読本類が山と積まれた六畳間で寝起きしている。

　古《いにしえ》の俳聖《はいせい》・松尾芭蕉《まつおばしょう》の庵跡《いおりあと》のすぐ近所にある隠居所は、青葉庵《あおばあん》と称されていた。南向きの小さな庭には芭蕉ならぬ一本桜、前栽《せんざい》には躑躅《つつじ》が植わっている。いずれも手入れが行き届き、春の芽吹きに備えて冬越しの最中であった。

　暦の上では春を迎えていても、正月の夜は底冷えする。

「泊まっていきなせぇと言いたいとこだが、そうも参りますまい」

「残念なこったが、明日は登城しなくちゃならねぇんでな……」

　幸内の言《げん》に答える遠山の表情は、心底から残念そうだった。

　当時の正月休みは短い。勤めを休むことができるのは元旦のみで、二日からは武家も商家も常の通りに出仕・出勤しなくてはならないのだ。

　奉行の遠山が引き上げるというのに、俊平だけ居残るわけにもいかない。

　俊平は速やかに腰を上げ、憐が出してきてくれた提灯《ちょうちん》を受け取った。

　蠟燭《ろうそく》は新しいものに差し替えられ、数寄屋橋《すきやばし》を経由して八丁堀《はっちょうぼり》に着くまで保《も》つように予備も用意されていた。

「美味《うま》い雑煮だったよ、お憐さん」

「またお出《い》でくださいましね」

　若い二人が微笑み合うのを、幸内たちは目を細めて見守っている。

「さ、行こうぜ」

遠山に促され、俊平と政吉は後に続く。

「花見の時期にでも、また寄らせてもらっていいかね？」

「いつでもお出でなさいまし」

見送る幸内の笑顔は明るい。

天保十二年の元旦は、かくして和やかに更けていった。

第二話　忍び寄る魔手

一

すでに一月も半ばを過ぎていた。

正月用の七五三縄飾《しめなわかざ》りは残らず取り外され、お屠蘇気分も明けた大江戸八百八町は常と変わらぬ雰囲気に戻っている。

数寄屋橋御門内の南町奉行所でも、与力と同心が御用繁多《はんた》な毎日を送っていた。

壮年の与力が一人、昼下がりの廊下を粛々《しゅくしゅく》と渡っていく。

肩衣《かたぎぬ》と平袴《ひらはかま》を着けた継 裃《つぎがみしも》姿《すがた》である。御成先御免の着流しに黒羽織を重ねただけの砕けた装いで勤務することが許される同心たちとは違って、管理職の与力は常々折り目正しい装いをしていなくてはならない。

しかし、この温厚そうで品の良い五十男には、黒無地の肩衣がよく似合う。

仁杉五郎左衛門《ひとすぎごろうざえもん》、五十五歳。

南町奉行の配下で最高位の年番方《ねんばんがた》を務める、古参の与力である。

与力の禄高は初任給で百三十俵、最古参の者となれば二百三十俵にも及ぶ高禄取りである。三十俵二人扶持の同心とは格が違うのだ。

奉行所内の各部門における責任者として配下の同心衆を統率し、有事には騎馬武者となって従軍することから頭数は一騎、二騎と数えられる。たとえば年番方には三騎の与力が居《お》り、同心六名を従えている。

奉行所勤めの与力と同心は表向き、一代限りの職となっている。

しかし、実際には親から子へ受け継がれる経験値が物を言う御用だけに、部外者を配属したところで全うするのは難しい。

北町奉行所の高田俊平が捕物の腕こそ立つものの揉め事の処理や公事の便宜を図ることは勝手が分からず、見廻りの持ち場とする築地界隈の大店のあるじたちから未だ信頼を得られずにいるのも、無理のないことなのだ。

その点、仁杉家は年季が入っていた。当主は南町の与力職を代々務めており、五郎左衛門は九代目に当たる。

見習いとして十四歳から出仕し、父の仁杉五郎八郎幸堅《ごろうはちろうゆきかた》に付いて実務の経験を積んだ上で二十一歳のときに一本立ちし、文化《ぶんか》八年（一八一一）には父の死に伴って、二十四歳で家督《かとく》を継いでいる。

そうやって与力職を世襲した五郎左衛門だが、二十代から三十代にかけて担《にな》った職は必ずしも華々しいものではない。

小伝馬《こでんま》町牢屋敷に囚人が出入りする際の監督役を務める、牢屋見廻。

町奉行所の目が行き届き難い大川東岸の本所・深川一帯を巡回し、治安維持と橋梁《きょうりょう》や道路の保全を担う本所方《ほんじょがた》。

貧窮《ひんきゅう》した町民に対して公儀が無料で治療と投薬を行う、小石川《こいしかわ》養生所の医療事務を管理する養生所見廻。

そんな縁の下の力持ちと呼ぶべき、どちらかと言えば目立たない部署にばかり配属されても倦《う》むことなく、真面目に勤め上げてきた苦労人なのだ。

そうやって地味な御用を能《よ》く務める一方で、五郎左衛門は砲術と軍学に取り組んで、大筒《おおづつ》（大砲）上手の評判を勝ち得ていた。

御用繁多な奉行所勤めをしながら、戦国乱世の種子島《たねがしま》流に端を発する名門流派の荻《おぎ》野《の》流を学んで会得し、多くの門人を育成したのだから大した人物と言えよう。

五郎左衛門は奉行所においても地道な精勤ぶりが評価され、四十路を迎えて年号が天保と改められた頃から出世の道が開けてきた。

与力の誰もが目指す最高職の年番方に推《お》されたのも、諸役の経験を通じて奉行所の内情に精通し、生き字引と呼ぶにふさわしい見識を備えていたからに他ならない。

歴代の奉行たちがその人物と能力を認め、頼みにしたのも当然のことであり、五十路半ばとなった今も南町奉行所を実質上支える、まさに名与力だった。

今、五郎左衛門が向かう先は奉行の用部屋である。

南北いずれの町奉行所も奥、すなわち奉行の住居は表に設けられた役所と渡り廊下で直結している。今頃は裃《つねぎ》から常着の羽織袴に召し換えを終え、表に出てきて午後の御用を始めた頃合いだった。

町奉行は常に奉行所内に詰めているわけではない。毎朝四つ（午前十時）に千代田《ちよだ》の御城へ赴いて昼八つ（午後二時）まで城中にて勤務し、下城してから五郎左衛門ら与力衆に指示を与える。配下たちにも増して、御用繁多な立場なのだ。

「失礼仕《つかまつ》りまする」

敷居際に座した五郎左衛門は、慎ましやかに訪《おとな》いを入れる。

応じて文机《ふづくえ》の前から立ち上がったのは、六十がらみの細面の男であった。

筒井伊賀守政憲《つついいがのかみまさのり》、六十四歳。

文政《ぶんせい》四年（一八二一）から満二十年の永きに亘《わた》って南町奉行の職を務め、名奉行の聞こえも高い傑物《けつぶつ》だ。

「大儀《たいぎ》であるの、仁杉」

炯々《けいけい》と鋭い光を放つ両の目が、五郎左衛門を見たとたんにふっと和らぐ。

向き合って座り、そっと脇息《きょうそく》を後ろに押しやる。たとえ目下の者が相手でも面談中は脇息を用いず、姿勢を正して接するのが武家の作法である。

膝を揃えて座した筒井は、速やかに告げてきた。

「ご老中の裁決が下った。猿の甚助一味が仕置《しおき》（処刑）、近々執《と》り行われようぞ」

「祝着至極《しゅうちゃくしごく》に存じまする。これにて市中の民《たみ》も枕を高《たこ》うして眠れましょう」

深々と平伏したまま、五郎左衛門は声も明るく言上《ごんじょう》する。

町奉行所も火付盗賊改も捕縛した罪人は小伝馬町牢屋敷に送り込み、罪状が明白になるまで召喚を繰り返して尋問を続ける。前科が山ほどある猿の甚助一味については調べも速やかに進み、老中による処刑の執行命令も迅速に下されたのだ。

筒井は頷くと、五郎左衛門に続けて言った。

「越前守《えちぜんのかみ》様より労《ねぎら》いのお言葉を頂戴したぞ。捕縛に際して手柄を譲り、火盗改の面目を潰さぬように取り計ろうてくれたは有難《ありがた》き限り。向後《こうご》も手を携えて、互いに至らぬところを補《おぎの》うて参れとの仰《おお》せじゃ。その旨、宇野に伝えてやってくれい」

「勿体《もったい》なきお言葉にございまする」

五郎左衛門は折り目正しく礼を述べた。

筒井が口にした「越前守様」とは、幕閣最高位の老中首座として辣腕《らつわん》を振るう水野《みずの》越前守忠邦《ただくに》のことである。

当年四十八歳になる忠邦は本丸老中を経《へ》て、二年前の天保十年（一八三九）に現在の地位に就き、同世代の徳川家慶《とくがわいえよし》と手を携えて幕政を改革するべく腐心している。

かかる大物からお褒《ほ》めに預かるとは、滅多にないことだ。

朋友《ほうゆう》が名誉を受けたのは我が事のように嬉しい。そんな胸の内の喜びが、五郎左衛門の伏せた面に滲《にじ》み出ていた。

宇野幸内とは三歳違い。ほぼ同時期に見習い与力となり、長年同じ釜の飯を食ってきた無二の仲間である。

幸内はいつも物静かな五郎右衛門と違って喜怒哀楽の感情を隠すことなく、邪悪な者共に対しては鬼の如き厳しさを叩きつけ、弱き人々には仏の慈悲《じひ》を抱いて止まずにいたものだ。

罪人の富裕な身内が買収を企んでも取り合わずに厳罰を下し、辻斬りや婦女暴行を面白半分に繰り返す愉快犯《ゆかいはん》が町奉行所では裁けぬ旗本や御家人だった場合には、わざと泳がせておく。そして、再犯に及ぼうとする現場を押さえ、二度と言い逃れの効かぬ評定所へ送られるように段取る器用さも持ち合わせていた。

改悛《かいしゅん》の情なき外道を逃がさぬ一方、幸内は冤罪《えんざい》に問われた弱者が誤って刑死の憂《う》き目を見そうになれば総力を挙げて証拠を集め直し、刑が確定される寸前に裁きを覆す離れ業《わざ》を幾度もやってのけた。

ただ単に、情に厚かっただけではない。

奉行たる筒井の評判を落とさぬため、身命を賭《と》して御用に取り組んでいたのだ。処刑が執行された後に吟味《ぎんみ》違いが発覚すれば、事は奉行所全体の体面に拘わり、最悪の場合には町奉行が引責辞任せざるを得なくなる。誤った判決を下した吟味方の現場責任者たる与力自身も、腹を切って償わなくてはならない。

そんな事態を招かぬために、幸内は常に公正名大な吟味を心がけてきた。その甲斐あって筒井伊賀守政憲は、名奉行と呼ばれるに至ったのだ。

当の筒井も、己《おのれ》独りで今日の地位を築いたなどと思い上がってはいなかった。

辣腕の吟味方与力として活躍し、今は隠居して久しくとも、折に触れて事件の解決に手を貸してくれている宇野幸内。

何かと目立つ存在だった幸内の陰で地味な、されど奉行所が怠ってはならない数々の御用を全うし、経験と人徳を兼ね備えた年番方与力として、多くの部下に慕われる仁杉五郎左衛門。

この二人の支えがあればこそ、自分は名奉行と呼ばれるに至ったと思っている。

北町奉行所との絆《きずな》も深い。

無頼の遊び人として過ごした若い頃の経験を能《よ》く生かし、市井で起きる事件の数々を的確に裁いて、早くも名奉行の評判を勝ち得つつある遠山左衛門尉景元。

幸内の指導の下でめざましく成長し、持ち前の天然理心流の剣技と体当たり精神で難事件に立ち向かう若き熱血漢《ねっけつかん》の高田俊平。

そんな好漢たちが日々溌剌《はつらつ》と頑張っているからこそ、江戸市中の治安は平穏無事に保たれている。

それに今をときめく老中首座も期待を寄せてくれているとなれば、南北の町奉行所が連携した現体制は盤石《ばんじゃく》と言えよう。

「面《おもて》を上げよ、仁杉」

呼びかける筒井の声色は親しみに満ちている。

「今年も皆と心を同じゅうして、共に励もうぞ」

「ははっ」

微笑みを交わし合う主従は、この江戸の水面下で着々と、悪《あ》しき陰謀が進められている事実をまだ知らない。

二

下谷二長町《したやにちょう》に小普請《こぶしん》支配の屋敷がある。

無役となった旗本や御家人を小普請組に編入させるときの面倒を看る小普請支配は、大身旗本の役職としては地味で目立たぬ、有り体《てい》に言えば閑職《かんしょく》である。

その野心多き男にとって、今の立場は到底満足のいくものではなかった。

「まこと、腹立たしき限りぞ……」

呪詛《じゅそ》のようなつぶやきを漏らす男の名は矢部左近衛将監定謙《やべさこんえのしょうげんさだのり》、五十三歳。

彫りが深くて男臭い造作と引き締まった四肢《しし》を備えた、壮年ながらも精悍《せいかん》な印象を与える偉丈夫《いじょうふ》である。

しかし数年来の砂を噛《か》むが如き日常に倦み疲れ、かつての知勇兼備の傑物も心根が腐りきっていた。

座敷の障子が夕陽に朱《あか》く染まっている。

今日も仕事らしい仕事もないままに無為な一日を終えた矢部は、屋敷で黙然《もくねん》と晩酌《ばんしゃく》の杯を傾けるばかりだった。

料理茶屋での豪遊など、縁遠くなって久しい。

以前に勘定奉行《かんじょう》を勤めていた頃には、御用商人たちが催促せずとも勝手に席を設けて綺麗どころを呼んでくれたものだが、一介の小普請支配をもてなしてくれる物好きはいない。

さりとて余分な金子《きんす》の持ち合わせがなければ、自腹を割いて芸者遊びをするわけにもいかない。日頃の憂《う》さを晴らしたいのも堪え、こうして晩酌を傾けているより他になかった。

そんな矢部に対し、妻子も奉公人もあからさまに冷淡な態度を取っている。夕餉《ゆうげ》の膳《ぜん》を運んできた奥女中たちは酌《しゃく》もせず、早々に引き上げた後であった。

輝かしい前半生が嘘のような体《てい》たらくである。

御先手組鉄炮頭《おさきてぐみてっぽうがしら》の猛者《もさ》として鳴らした矢部は文政十一年(一八二八)、三十一歳の若さで火付盗賊改の長官職に抜擢された。

それから天保二年(一八三一)まで三度に亘《わた》って任じられた後、堺《さかい》町奉行と大坂東《おおさかひがし》町奉行を経て江戸に呼び戻され、勘定奉行の要職に就いている。五百石取りの旗本としては、大した出世と言えよう。

更なる栄達を期していたにも拘わらず、矢部が閑職の西ノ丸留守居《るすい》役に左遷《させん》されてしまったのは三年前、天保九年(一八三八)のことだった。

憂き目を見た原因は、今や老中首座として幕閣の頂点に君臨する水野越前守忠邦との対立である。

忠邦は譜代大名の中でも名家に数えられる、水野一族の出だ。

文化十四年(一八一七)、当時二十四歳だった忠邦は父祖代々領有してきた富裕な唐津《からつ》藩を返上し、敢えて財政の芳しくない浜松《はままつ》藩への転封《てんぽう》を望んで公儀の心証を良くすることに成功。幕閣入りを実現させるや、西ノ丸老中を振り出しに、本丸老中を経て最高位の老中首座にまで登り詰めた。

めざましい出世ぶりだが、実力だけで勘定奉行にのし上がった矢部から見れば、我欲のために無辜《むこ》の家臣と領民に塗炭《とたん》の苦しみを舐《な》めさせた、愚かな藩主でしかない。

もとより、直参《じきさん》旗本には諸大名家に対する遠慮が少なかった。

たとえ何十万石の大大名であろうとも、自分たちと同じ将軍に仕える身であることに変わりはなく、対等の立場と見なしている。家格など意に介さず、純粋に個人の力量で相手を推《お》し量っていた。

矢部にしてみれば、水野越前守忠邦は幕政改革の理想ばかりが先走った、愚かな男としか思えない。

斯様《かよう》な愚者に、なぜ平身低頭していなくてはならないのか。

そんな内心の不満が西ノ丸の再建を巡って対立したときに噴出し、やり込められたことを恨みに思った忠邦は矢部を罷免《ひめん》。勘定奉行から西ノ丸留守居役に、さらには小普請支配にまで追い落としたのだ。

それだけの不快感を、忠邦は矢部に対して抱いていたのである。

されど、やられっぱなしになってはいられない。

勘定奉行の座を追われて以来、矢部は虎視眈々《こしたんたん》と起死回生の機を窺ってきた。

狙っているのは南町奉行の座だ。

敢えて南町を選んだのには理由があった。昨春に北町奉行の職を得た遠山左衛門尉景元は忠邦の肝煎《きもい》りで取り立てられた身で、若い頃の放蕩《ほうとう》無頼で世情に通じている点を高く買われていた。幕政改革の一環として奢侈禁制を前面に押し出そうとする忠邦にとって、遠山は大事な手駒なのである。

その遠山に取って代わろうと策を弄《ろう》せば忠邦は激怒し、いよいよ本腰を入れて矢部を潰しに掛かることだろう。

しかし、南町の筒井伊賀守政憲ならば話は違う。

たしかに筒井は要職を二十年に亘って勤め上げ、名奉行の評判を取ってきた功労者である。とはいえ六十代の半ばに差しかかろうとしている身では、これより先までは期待できるまいと見なされていた。

前任の南町奉行だった根岸肥前守鎮衛《ねぎしひぜんのかみしずもり》のように齢《よわい》七十を過ぎて奉行職を全うした例がないわけではなかったが、のんびりしていた文化文政期とは時代が違う。

東北での飢饉《ききん》が恒常化し、外国船も頻繁に出没する昨今、幕政を引き締めるには将軍のお膝元たる江戸にしっかりした奉行を置かねばならない。

その点、矢部は次期候補として申し分なき人材と評されている。火盗改の長官時代に凶悪犯を散々相手取ってきた猛者である上に、刑事事件ばかりでなく民事も担う町奉行としての経験を、すでに堺と大坂で積んできた身だからだ。

まだ着任して二年目の、しかも若くて伸びしろがある遠山を、少々の落ち度があったとしてもすぐさま解任するわけにはいかないが、老いた筒井に関してはいつ首をすげ替えたところで大事はない。

齢も矢部のほうが筒井より一回り近くも若く、これからが期待できる。

町民たちにしても、かつて火盗の長官として江戸中の悪党を震え上がらせた矢部が町奉行となれば、市中の犯罪も減るのではないかと期待を寄せ、必ずや支持するはずだ。

忠邦との個人的な感情のもつれさえ除けば、いつ南町奉行の座に就けても大事あるまいというのが幕閣内の見解だった。

かかる評価が得られるように、矢部は政治献金にも励んできた。

本来ならば賄賂など好むところではなかったが、このままでは後がないとなれば節《せつ》を曲げることもやむを得まい。

矢部はもとより金銭に淡泊な質であり、要職を務めた往時に上方と江戸の豪商から受け取った多額の袖の下を手つかずのままで貯め込んでいた。その蓄財を忠邦以外の閣僚にばらまき、根回しに努めてきたのだ。

今の幕閣は老中六名、大老一名によって構成されている。

いかに老中首座の忠邦が家慶の信任も厚く、独断専行で幕政を牽引《けんいん》するべく躍起になったところで、残る五名の老中と大老の意見は無視できない。

筒井をいつまでも町奉行の座に据えたままにしておいては江戸市中の治安と町政が危うくなると意見され、事実がその通りになってくれば、いかに生硬《せいこう》な忠邦でも矢部のことを登用せざるを得ないはずである。

矢部は以上の情勢を踏まえ、南町奉行職の獲得に動いた。

献金で地盤を固めると同時に、筒井が名奉行の評判を保てなくなるようにするための策も巡らせてきた。

幸いにも、今の南町奉行所は手薄である。

筒井の両腕となって長年働いていた二人の名与力のうち、吟味方の宇野幸内はすでに隠居しており、残る年番方の仁杉五郎左衛門さえ失脚させれば、必ずや南町の態勢は崩れるはずだ。

そう判じて江戸市中で数々の怪事件を密かに引き起こし、南町奉行所と矢部の権威を失墜《しっつい》させるべく暗躍し続けてきたのである。

それをことごとく邪魔したのが、隠居したはずの宇野幸内であった。

十手を返上後、嬉々として楽隠居を決め込んでいたはずなのに、どうした心変わりなのか突如として捜査に協力し始めたのである。北町奉行の遠山左衛門尉景元が差し向けた若同心に知恵を貸し、時として自らも出張ってくる始末だった。

今や北町のみならず古巣の南町奉行所が担当する事件にも首を突っ込み、持ち前の推理力と剣技を駆使《くし》している。

それでいて己自身の存在は表に出さずにいるから、質《たち》が悪い。

陰の助っ人である幸内のおかげで、南北の町奉行の名声は上がる一方で、筒井の後釜に入り込もうとする矢部の思惑は一向に功《こう》を奏《そう》さぬままだった。

このままでは賄賂が無駄金に終わるばかりか、面目も丸潰れである。

昨年の暮れに、猪口才《ちょこざい》にも屋敷に乗り込んできた幸内は、矢部に手酷い恥辱を与えた。一介の元与力に好き勝手をさせておいたまま引き下がっては、こちらの自尊心も回復しない。

されど幸内は古巣の南町だけでなく、遠山ら北町の面々とも連携しているために隙がなく、なかなか手が出せない。

何よりも当人の腕が立つから始末に負えぬのだ。

火盗改の長官職を務めていた当時の配下から腕利きを選び、刺客《しかく》として送り込んでも返り討ちにされるばかりで埒《らち》が明かない。若い頃からの付き合いである御先手組の旗本連中からも、これより先は幾ら積まれたところで貴重な手駒を貸すことはできぬと断られていた。

子飼《こが》いの家士たちも幸内の強さに恐れを成し、命あっての物種とばかりに他家へ鞍替えする者が後を絶たない。

戦力が乏しい矢部に対し、幸内と仲間たちは余裕綽々《よゆうしやくしやく》である。

去る元旦にも火盗改が取り逃がしそうになった盗賊一味を峰打ちであっさりと叩き伏せ、手柄を譲る余裕を見せている。

かかる事実を知った忠邦がいたく感激し、筒井を介して労いの言葉を与えたことも、矢部は耳にしていた。このままでは南町奉行所の評判は傾くどころか、名声が一層高まるばかりだ。

「おのれ……」

憎しみを込めてつぶやきながら、矢部は震える手を酒器に伸ばす。

と、その手が不意に遮られた。

「ほどほどになされ、左近衛将監殿」

目の前に座していたのは、取り立てて特徴のない中肉中背の武士だった。

何時《いつ》の間に入ってきたのか、矢部は気づかなかった。有事には幕府軍の先鋒《せんぽう》を承《うけたまわ》る御先手組の家に生まれ育った猛者らしからぬ、失態と言えよう。

「鳥居《とりい》殿……」

「酒は度を越してはなりませぬ。勝負はまだこれからなれば、常に正気を保っていてくだされ」

ささやきかける武士の名は鳥居耀蔵《ようぞう》、四十六歳。

矢部の陰謀を陰で支えてきた、稀代《きたい》の策士であった。

三

鳥居耀蔵は同世代の遠山景元と同じく、公儀の改革の実行要員として、水野忠邦から期待を寄せられる大身旗本の一人である。

役職は目付《めつけ》。本来ならば旗本たちを監察する立場でありながら、矢部が数々の事件を引き起こして南町奉行の筒井を追い落とさんと画策するのを見逃してきたばかりか、事を運ぶのに密かに加担さえしている。

それどころか、策士としての才を大いに発揮し、矢部を南町奉行の座に据えるべく具体的な段取りをしてきたのは、この鳥居なのだ。

「さ……」

「済まぬ」

矢部は促されるままに、杯を膳の上に戻す。

頼もしい協力者の言葉には、強面《こわもて》の矢部も逆らえない。

鳥居耀蔵は茫洋《ぼうよう》としていながら、不思議な威厳を備えた男である。偉丈夫の矢部と比べれば吹けば飛ぶような体軀《たいく》であり、剣術も元服《げんぷく》する前後に多少齧《かじ》った程度のはずなのに、底知れぬ胆力《たんりょく》を秘めている。

儒官《じゅかん》として将軍家に代々仕える林《はやし》一族の出でありながら、鳥居は敢《あ》えて学徒の道には進まず、大身旗本の婿養子となって目付職を得た。

何も非才だったから儒学者として世に出られなかったわけではないことは、辣腕の目付として高く買われており、近々に御勝手取締掛《おかってとりしまりがかり》を兼任するという人事の評定からも明らかだった。

かかる逸材が、なぜ矢部に肩入れしているのであろうか。

今し方のように思い悩んでいれば頃合いを心得たかの如くに現れ、淡々とした口調ながらも実《じつ》のある助言を与えてくれる。

今宵、鳥居は一人の供を同行させていた。

年齢の判じがたい外見の男だった。身の丈が六尺近く、伸びやかでありながら筋骨逞《たくま》しい体軀を見れば二十歳そこそことも思えるが、角張った顔には皺が目立つ。実は四十に近いと打ち明けられても違和感のない、老けた印象であった。

腕が立つのは、右膝の脇に置いた佩刀《はいとう》を見れば察しがつく。

地味な黒鞘の一振りは柄に革が巻かれているのかと見紛うほど光沢を帯び、握ったときに右手の親指が掛かる箇所の菱巻《ひしまき》が凹《へこ》んでいた。

得物として手慣らすために抜き差ししたり打ち振るったりすると同時に、常に十指が決まった位置に来るように、正しく手の内《うち》を定めることを心がけている証左《しょうさ》である。

武士は、真新しい角樽《つのたる》を持参していた。

「遅れ馳《ば》せながら、年始の挨拶代わりにお納めくだされ。さ……」

鳥居に促され、武士は恭《うやうや》しく角樽を差し出す。

「頂戴してもよろしいのか？」

戸惑う矢部に、鳥居は黙って頷き返す。

節酒を促しに来ながら贈答の品に酒を選ぶとは解《げ》せぬことだが、それも自分を信頼してくれていればこそなのだろうと矢部は判じた。

たしかに、今は酒に溺れてなどいられない時期である。まだ表沙汰になっていないことだが、大御所の家斉《いえなり》が病床に伏し、明日をも知れぬ命だからだ。

息子の家慶に将軍職を譲っていながら大御所として幕政を永らく牛耳り、自身が享《きょう》楽《らく》をこよなく好むが故に奢侈禁制を標榜する水野忠邦の幕政改革を抑え込んできた幕府の最高権力者も、いよいよ大往生しようとしている。

直参旗本として哀悼《あいとう》の意を示すのは当然ながら、まず矢部が念頭に置くべきなのは、家斉が薨《こう》じた後の幕府の人事である。

大御所がいなくなれば忠邦は家慶と計り、速やかに幕閣の顔ぶれを刷新して旧守派を一掃し、今まで抑止されていた改革路線を前面に押し出すことだろう。

その動きに乗り遅れることなく、立ち振る舞わなければならない。やけ酒など喰らうよりも頭を働かせ、これから何を為すべきかを冷静に決めていくことが必要なのだ。

矢部に一層の自省を促すかのように、鳥居はささやく。

「これなる酒は、来るべき折の祝杯になされませ。大願を成就されるまでは何卒《なにとぞ》お手を付けられませぬよう」

「忝《かたじけ》ない……」

目礼を返しながら、矢部は角樽を受け取る。

今は気落ちしている場合ではなく、酒浸りで過ごしてきた日々を脱し、再起しようと決意を新たにしていた。

「されば左近衛将監殿、仕切り直しの策を講じましょうぞ」

角樽を納めた矢部に、鳥居は淡々と語りかける。

「筒井を罷免《ひめん》させるには、やはり御救米《おすくいまい》の一件を蒸し返すが早道かと存じまする」

御救米の一件とは、矢部が勘定奉行だった当時から調べていた事件だった。

五年前の飢饉の影響で江戸の米価が高騰《こうとう》した際、南町奉行所は飢饉救済の御救米を買い付けることを公儀より命じられた。

その御救米買い付けに不正の事実があったと矢部は突き止め、閑職に左遷されてからは南町奉行の筒井を追い落とすための突破口にしようと目論んできたのだ。

矢部が追及しようと目論む「不正」とは、筒井と仁杉が御救米を買い付けるのに際して諸々の手段を用い、差損を穴埋めしたことである。

もとより清廉潔白な二人だけに私腹を肥やすためではなく、儲けにならない御用を承ってくれた御用商人たちが損害を被るのを不憫《ふびん》に思い、敢えてやったことなのだというのも判っていた。もしも矢部が町奉行職に執着さえしていなかったら、取り沙汰《ざた》さずに見逃してやるのが、武士の情けというものだろう。

しかし、理由はどうあれ仁杉が勝手に采配を振るい、独断専行を筒井が黙認したのは公儀に対する、明らかな背任行為である。筒井を追い落とし、後釜の南町奉行の座に就かんと欲する矢部にしてみれば、かかる事実を利用しない手はあるまい。

「今を好機と思い定め、攻めに転じるが肝要《かんよう》にござる」

「うむ」

協力者のささやきに、矢部は力強く頷き返す。やけ酒で気を紛らわすばかりの日々から脱し、改めて己《おの》が野望と向き合わんとする決意に燃え始めていた。

間を置くことなく、鳥居は淡々と告げてきた。

「されば左近衛将監殿、南町の同心を今一度取り込みましょうぞ」

「堀口《ほりぐち》のことか」

「左様《さよう》。あやつに口裏を合わさせれば、これまでに揃えし手証《てしょう》も生きましょう。証拠が足りぬとなれば、追って用意いたさばよろしい……」

「用意？」

「いや、先々のことにござる。まずは同心を口説き落とすが先決」

「儂は如何《いか》に動けばよいのだ、鳥居殿」

「すべて易《やす》きことです。順を追ってお話しいたします故、含み置いてくだされ」

「うむ、うむ」

矢部は膝を揃え、神妙《しんみょう》に耳を傾ける。

もはや酒器には手を伸ばそうともせず、頼もしい協力者の言葉に、じっと聞き入るばかりであった。

四

それから数日の後――。

夜も更けた頃、矢部の屋敷に一人の客が招かれた。

御成先御免の着流しに巻羽織、町奉行所の廻方同心の装いである。

瘦《や》せた顔が青黒い。胸の内で憤りを覚えていても口に出すことができぬまま、招きに応じたためである。

「おお、よく参ったの」

迎える矢部は余裕綽々の表情だった。

敷居際でぎこちなく一礼し、同心は座敷に入ってくる。

すでに鳥居耀蔵は過日と同じ配下を伴い、矢部の傍らに陣取っている。

同心に向ける視線は、主従揃って冷たい。値踏みするかの如く、どこまでも冷徹な面持ちだった。

「楽にせい、堀口」

「は……」

矢部からそう告げられても、堀口と呼ばれた同心は膝を崩さずにいた。

堀口六左衛門《ろくざえもん》は南町奉行所の定廻筆頭同心である。

五年前には年番方で仁杉五郎左衛門の下役を務めており、同役の佐久間伝蔵《さくまでんぞう》と共に、御救米の買い付けを担当していた。

矢部は買い付けの不正を知る堀口を生き証人に仕立て上げ、筒井を失脚させるための決め手にするつもりなのだ。

そのやり口は狡猾《こうかつ》なものだった。

米相場に手を出して首が回らなくなっていた堀口の借金を肩代わりした上で愛娘を

妾《めかけ》に差し出させ、人質として手の内に取り込んでしまったのだ。

昨年の暮れには宇野幸内らの助けで囚《とら》われの娘を救出してもらい、矢部とは縁切りする決意を固めていた堀口である。

しかし、今日の招きを断ることはできかねた。

借金は今も肩代わりされたままであり、矢部への返済の目途は立っていない。返せる当てもなく、再び娘を差し出す必要に迫られていた。

これは、世間から見れば不自然な話ではない。

堀口の愛娘は今年で二十一歳。当時の習いとしては婚期を逸《いっ》しかけていた。たとえ妾といえども大身旗本の屋敷に迎えられたのは、町奉行所勤めの同心の娘にとっては破格の出世なのだ。

後の世の倫理観に照らせば許されぬことだが、武家であれ商家であれ、富裕な男が妾を持つのは、後継ぎを儲けるための手段として公認されている。

矢部の妻女にはすでに大きな息子がいるのにどうして妾を囲ったのかが納得できず不満を抱いていたが、当の本人が一向に恥じずにいるので文句もつけられない。当主が決めたことに、家人は口出しできぬ時代だった。

ともあれ、堀口は娘の身柄を引き渡せば債務から解放される。

愛娘を売り物にして、慚愧《ざんき》の念に耐えないであろうことは顔色を見れば察しもつくが、出すべき結論は最初から判りきっていた。

「安堵せい」

相手の弱い立場を見越した上で、矢部は自信たっぷりに語りかける。

「そも、我らは他人の仲ではないのだぞ？　言うなれば、おぬしは儂にとりては義理の父……遠慮など無用にせい」

「はい……」

答える堀口の声は弱々しい。

日頃は筆頭同心として若い配下に檄《げき》を飛ばしているとは思えぬほど、意気消沈した面持ちであった。これでは最初から勝負になるはずもない。

「悪く考えるには及ばぬぞ、ん？」

矢部はすかさず畳み掛ける。

「もとより承知の上であろうが、おぬしが大人しゅう娘を差し出さば、借財は棒引きにして遣わす。御目付の鳥居殿がお立ち会いとなれば、偽りは申さぬ」

「……」

「担保と申さば身も蓋もあるまいがの。改めて迎えし上は十分に慈《いっく》しみ、決して無下《むげ》には扱うまいぞ」

「有難きことに存じまする……」

土気色をした顔のまま、堀口はつぶやく。

相手の思惑は、かねてより承知していた。

矢部は自分の娘に執着しているわけではない。肩代わりした借金を返済してもらうことにも、さほどの価値を見出してはいないはずである。

債務で縛り付け、娘を人質としてまで堀口を意のままに操ろうとした最大の理由は、上役の仁杉五郎左衛門を裏切らせ、御救米の買い付けに不正があった事実を明るみに出すための、生き証人に仕立て上げるためなのだ。

堀口は苦渋の選択を迫られていた。

仁杉はもとより、奉行の筒井も尊敬に値《あたい》する人物である。

あの二人を裏切るのは、心苦しい。

たとえ自分に弱みがあろうとも、失脚させる手伝いなどはしたくない。

不浄役人と貶《おとし》められる立場の町方とはいえ、堀口も武士である。

ここは一命を賭けてでも、武士の意地を見せるべきではないのか――。

反駁《はんばく》する堀口の耳朶《じだ》を、矢部の思いがけぬ一声が打った。

「おぬしが息子、そろそろ奉行所に出仕させてはどうであろうな」

「さ、貞五郎《さだごろう》にございまするか？」

堀口はたちまち動揺の色を浮かべた。

嫡男《ちゃくなん》の貞五郎は町奉行所の同心職を軽《かろ》んじ、本来ならばとっくに見習いとして出仕していなくてはならぬというのに、親父の後など継がぬと言い張って放蕩の日々を送っている。

堀口が米相場に手を出した理由のひとつは、息子が諸方の岡場所《おかばしょ》などで拵えた借金の穴埋めをするためだったのだ。

結果として相場で大損をしただけであったが、その何もかもを矢部が肩代わりしてくれている。

娘のみならず息子についても、堀口には抗弁する余地はないのだ。

しかし、奇妙なことである。

ほぼ脅迫ともいえる話の最中に、なぜ放蕩息子のことなど気に掛けるのか。

矢部の口調に嫌味はなく、むしろ親身そのものの態度で語りかけてくる。

「いい齢をして遊ばせておくばかりでは、当人のためにもなるまいぞ」

「お……仰せの通りにございまする」

「ならば当人をその気にさせてやれい。町方役人にも出世は叶うということを、とくと見せつけての」

「え……？」

「おぬしが昇進いたさば息子も必ずや見直し、行いを改めるであろう」

矢部は確信を込めた眼差しで、さらに言葉を続けた。

「儂が南町奉行となりたる暁《あかつき》には、息子ともども存分に出世をさせて遣わす。左様に心得い」

「ま、真実《まこと》でございますか？」

「むろんじゃ」

信じ難い様子の堀口を安心させるかの如く、矢部は言い添える。

「儂とて人の親ぞ。父の威厳というものを示したい気持ちは、こちらも同じじゃ」

「左近衛将監様……」

「ただし、それにはおぬしに助勢を頼まねばならぬがの」

「助勢……でありまするか」

「左様。おぬしも男ならば、出世の手蔓《てづる》は己の力で摑めということじゃ。上役など見切った上でな」

啞然《あぜん》とする堀口に、矢部はにやりと微笑み返す。

要は仁杉を裏切って、筒井を失脚させるために動けと言っているのだ。

これは美味《おい》しい餌《えさ》だった。

娘については諦めもつくが、貞五郎の将来は軽視できかねる。

たとえ暗愚《あんぐ》な息子であっても堀口家の跡取りには違いなく、親としては先々のことを考えてやりたい。今の父親と同程度にしか出世できまいという理由から現実逃避をしていてるような息子でも、伸びしろはあるはずだ。

矢部が約束を守って今後のことを保障してくれるのならば、魂を売ってもいいではないか。

「……」

暫《しば》し黙考するうちに、堀口の表情が変わってきた。

暗く打ち沈んでいた顔色が良くなり、目の色も輝きを取り戻している。

裏切りと思えば後ろめたいが、出世の手蔓を己自身の手で手繰《たぐ》り寄せるためだと腹を括《くく》れば自ずと罪悪感も薄れてくる。

堀口は確実に、矢部の甘言《かんげん》に心を動かされ始めていた。

頃やよしと見て、おもむろに鳥居が口を開いた。

「何も案ずるには及ばぬぞ」

「御目付様……」

「おぬしの相方として、これなる者を奉行所内に潜り込ませる。荒事が必要となりし折にも、万事任せておけばよい」

鳥居は淡々と告げるや、後方に控えさせていた配下の男を見やる。

心得た様子で膝を進めた男は、堀口と向き合うと、徐《おもむろ》に口を開いた。

「三村右近《みむらうこん》にござる。お見知りおきを」

圧《お》しの強い声色だった。体格は青年らしく逞しいが、顔には皺が目立つ。年齢も素性も判然としないが、口調も態度も堂々としたものだった。

胡乱《うろん》な武士の正体は、雇い主たる鳥居の口から明かされた。

「この三村は儂の密偵を務めさせおる者である。町方の事共はおぬしら廻方よりも詳しいと思うてもらおう。むろん、同心の役目にも何ら不足はあるまいぞ」

「なるほど……」

堀口は思わず感心していた。さすがは辣腕の目付、鳥居耀蔵の手駒である。

町奉行所や火盗改に限らず、公儀のさまざまな機関では、諜報《ちょうほう》活動の手駒として密偵を雇っている。その顔ぶれは、必ずしも町民ばかりとは限らない。

ましてや目付ともなれば無禄の浪人のみならず、歴とした旗本や御家人に陰扶持を与えて使役することも可能なはずだった。

士分の者ならば町民が立ち入り難い武家地を子細に探って廻ることも容易であるし、腕が立てば危険を伴う任務にも安心して起用できる。密偵の経験が豊富となれば自ずと世情に明るく、鳥居が言うように町奉行所の同心となっても、無理なく役目をこなせると見なしていい。

とはいえ、簡単に信用してよいものであろうか。

借金でがんじがらめにされてはいても、堀口にも矜持《きょうじ》というものがある。息子どども出世を果たすために加担するとなれば、独力で事を成したかった。

毒を喰らわば皿までである。

どのみち矢部に合力《ごうりき》する以上、手助けは無用に願いたい。第一、まるでこちらのお目付役のようで面白くなかった。

「悪く取ってはいかんぞ、堀口……」

黙り込んだ堀口に対し、取りなすように矢部が言った。

「おぬしを見張るために差し向けるには非《あら》ず。あくまで味方と思え」

「味方、にございまするか？」

「左様」

矢部は堀口を安心させるように微笑んだ。

「事が成就した上は隠し立てするには及ばぬが、筒井が奉行の職を追われ、ひいては仁杉が御役御免となるまでは表立って動くわけには参るまい。我らとの連絡は三村に任せ、おぬしは陰で働いてくれればよいのじゃ」

親切ごかしに告げながらも、抜かりなく矢部は頭の中で算盤《そろばん》を弾いていた。

所詮《しょせん》は借金で縛り付け、出世話でその気にさせただけの堀口一人に任せておくのは不安だが、策士の鳥居が自信を持って推挙した三村に補佐をさせれば安心だ。

鳥居もそのことを十分に承知しており、当の三村にも堀口は傀儡《かいらい》にすぎず、筒井と仁杉を葬り去るために率先して、存分に立ち働くようにと命じていた。

かかる本音を知らぬのは、堀口のみである。

にも拘わらず、すっかり当人はその気になっていた。

父子揃って出世が叶うという美味しい餌に釣られたばかりか、自分は安全な立場でいてもよいという好条件に安心しきっているのだ。

ここぞとばかりに、矢部は笑みを浮かべながら告げる。

「何も案じるには及ばぬ。大船に乗ったつもりでおれい」

「ははっ、有難う存じまする」

かくして堀口は懐柔《かいじゅう》され、再び悪の一味に加わったのだった。

五

八丁堀の組屋敷に戻った堀口は、二人の子をすぐさま自分のもとに呼んだ。

「それは祝着至極……まことに良きお話でありますなぁ」

一部始終を聞き終えるや、嫡男の貞五郎は満面の笑みを浮かべて見せる。

痩せぎすの父親と違って肉付きがよく、頬も丸くて福々しい。

それでいて健康そうな印象はまるでなく、日頃の深酒と荒淫《こういん》ぶりを思わせる、どす黒くて脂ぎった肌をしていた。

安物の唐桟《とうざん》の胸元を大きくはだけた、自宅とはいえ崩れた装いである。まだ若いというのに遊冶郎《ゆうやろう》めいた、軽薄な雰囲気を漂わせてやまない。

貞五郎は三十俵二人扶持の町方同心に過ぎない堀口家を軽んじており、いつもは何を言っても碌に耳を傾けもしない。

今夜も億劫そうに父の私室まで足を運んできたのだが、直参旗本の矢部と鳥居が、ひいては老中首座たる水野越前守までもが支援をしてくれると聞かされたとたんに俄《が》然《ぜん》と目を輝かせ、これまで嫌がっていた見習い同心の話も二つ返事で快諾《かいだく》したのだった。

「斯様な仕儀《しぎ》なれば、喜んで出仕いたしましょうぞ。ご安心くだされ」

「真実《まこと》か、貞五郎？　おぬし、此度《こたび》こそ真面目になってくれるのだな？」

「二言はありませぬ、父上」

「おお、よくぞ言うてくれた。それでこそ、わが嫡男じゃ」

「これまでの親不孝の数々、何卒お許しくだされ」

「よいよい。向後は手を取り合うて、共に邁進《まいしん》いたそうぞ」

嬉々とする父と息子の後方では、娘の忍《しのぶ》が暗く打ち沈んでいた。

兄と違って、慎ましやかな印象の持ち主である。

派手さこそないが、目鼻立ちはくっきりとしていて美しい。細身ながら腰回りの肉付きは豊かであり、成熟した女人らしい健康な色香に満ちていた。

父が持ち込んできた話は、彼女にとっては忌《い》まわしい内容でしかなかった。

昨年、忍は望まぬ妾奉公をさせられた。

当人の意に反し、矢部の屋敷に人身御供《ひとみごくう》として差し出されたのである。

兄の放蕩が一因となった借金の担保《たんぽ》にされ、好いた殿御に捧げるつもりだった純血を奪われた上に、幾月も夜伽《よとぎ》の相手を強《し》いられてきた。

相手が自分に愛情を示してくれていれば、少しは気持ちも救われただろう。

だが、矢部は男として忍に執着したわけではない。

南町の同心であり、かつて御救米買い付けの一件に拘わった生き証人である堀口を味方に引き入れることだけが、唯一無二の目的だったのだ。

人を侮辱するにも、ほどがあろう。あの下谷二長町の屋敷は二度と戻りたくない、辛い思い出ばかりの場所だった。

そんな彼女を思いやることもなく、堀口は畳み掛ける。

「我らが難渋《なんじゅう》を強いるは、欲に端を発するのみに非ず。そなたに女の出世を果たしてもらいたいと思えばこそじゃ」

灯火の薄明かりが、父の顔を照らし出す。

卑《いや》しい顔つきだった。かつては市井の貧しい人々のためにと誇りを持ち、町方同心の役目に胸を張って取り組んでいた父が、今は別人の如く下卑《げび》てしまい、おためごかしを口にして憚《はばか》ろうともせずにいる。

「万事そなたのためなのじゃ。判ってくれい」

「父上……」

表情を曇らせるばかりの忍に、堀口は執拗《しつよう》に言い聞かせる。得心させぬまま矢部の許に戻してしまい、粗相《そそう》があっては一大事と案じているのだ。

「そなたは昔から親思いであろうが。のう、貞五郎?」

「仰せの通りにございまする」

応じて、貞五郎はいけしゃあしゃあとうそぶく。

「父上を困らせてはいかんぞ、忍」

「兄上まで、何を仰せになられるのですか」

「そう眉を吊り上げては、せっかくの美形が台なしであろう。此度こそは性根を入れ替え、矢部の殿様に可愛《かわい》がってもらえるようにしてくれよ」

「な、なぜ私が……嫌でございます!」

「駄々《だだ》をこねるでない。何事もそなたのため、ひいては我らがためぞ」

思わず声を荒らげる妹を宥《なだ》めるかのように、貞五郎は躙《にじ》り寄っていく。

灯火に浮かぶ顔は、父と同様に醜いものだった。造作がどうこうというのではなく、町方同心の後継ぎ息子としての、いや、人としての誇りが微塵も感じ取れない。

父子揃って、もはや一片の羞恥心も抱いていないのだ。

「……」

しかし、そんな二人に反論することもできず、忍は嘆息を漏らすことしかできなかった。

それから幾日も経たぬうちに、大御所の家斉が空しくなった。

武家も町家も喪《も》に服する中、矢部と鳥居は密かに段取りを進めていった。

まずは密偵の三村のために南町の同心株を買い、送り込む算段を付けるところから始めなくてはならない。

背後関係が露見してはうまくないため、矢部は御先手組の仲間を口説き、その遠縁の者ということにして手続きを済ませた。

もとより三村は父祖の代からの浪人であり、鳥居からは陰扶持を貰っていただけの立場なので、表向きは何の背後関係も見出せない。

南町奉行所でもまさか筒井と仁杉を潰すために送り込まれた間者《かんじゃ》であるとは思いも

よらず、堀口貞五郎と同時期に見習い同心として、近々に出仕する旨を差し許したのだった。

六

家斉の四十九日が明けたとき、江戸は春も盛りであった。

閏《うるう》一月を挟んだ二月の後半――陽暦で四月中旬となれば桜は散り、初夏を思わせる陽気が続いている。

昼下がりの陽光に煌めく八丁堀を横目に、年若い浪人が突き進む。

顎に張りのある、野性味を帯びた風貌《ふうぼう》の持ち主だった。

月代を長く伸ばしており、着衣は木綿の袷と袴。いずれも洗い晒《ざら》しで、茶色の染めがすっかり抜けてしまっている。一本差しの大刀の鞘も、塗《ぬ》りが剝《は》げかけていた。

波岡晋助《なみおかしんすけ》、二十一歳。

牛込柳《うしごめやなぎ》町の試衛館《しえいかん》道場で少年の頃から高田俊平と共に剣の腕を磨いた、天然理心流の若き剣客だ。

血相《けっそう》を変えているのには理由がある。家斉の四十九日が明けるのを待って、忍が再び矢部の屋敷に移されると知ったのだ。

晋助と忍は、一度は認められた恋仲同士である。双親がすでに他界している晋助は必ずや今年こそ所帯を構えて忍を幸せにし、堀口の父母に孝養を尽くそうと心がけて励んできた。

そんな若者の誠意を、堀口六左衛門と貞五郎の父子はまたしても踏みにじったのだ。

堀口家の冠木《かぶき》門が見えてきた。

町方同心の住まいとなれば、もとより門番など置いていない。

「御免《ごめん》！」

叫ぶように一声告げて、晋助は門扉《もんぴ》を押し開く。

応じて玄関に出てきたのは貞五郎だった。

父親が出仕中となれば、嫡男が客人の対応に出てくるのは妥当なことである。

しかし、その態度は敵意が剝き出しであった。

見れば、鞘ぐるみの大刀を左手に提げている。客と接するときは右手に持ち、抜く意志がないことを示すのが礼儀のはずだ。

敢えて押《お》っ取り刀で現れたのは晋助を客とは見なさず、追い払うべき対象としか認めていない証左であった。

「何をしに参ったのじゃ、うぬ？」

貞五郎の態度はふてぶてしい。

こちらが文句を付けに来たと承知の上で、居丈高《いたけだか》に振る舞っているのだ。

「うぬが如き素浪人が気軽に出入りし得る場ではないぞ、去《い》ね」

「何……」

晋助は激怒した。しかし、一度《ひとたび》悪に心を売ると決めた者は強い。

「忍との約束ならば、なかったことにせよと先だって念を押したはずじゃ。懲《こ》りずに参るとは呆れた奴だのう」

「……」

重ねて悪罵《あくば》を浴びせられても、晋助は黙ったままでいた。

この場で貞五郎を蹴散らし、忍を連れ去るのは容易いことである。

されど、八丁堀の組屋敷で暴力沙汰を引き起こしたとなれば是非を問わず、こちらが一方的に罰せられてしまうのは目に見えていた。

自分は刀を抜くためにやって来たわけではない。

忍が自ら望んで矢部の屋敷へ戻るのか、それとも無理無体《むたい》に連れて行かれるのかを確かめるのが目的なのだ。

もしも強いて戻されるとなれば黙ってはいない。それこそ刀に掛けてでも、恋しい彼女の身柄を奪還するつもりであった。

とはいえ、急《せ》いてばかりではどうにもなるまい。矢部を敵に廻すのは覚悟の上でも、堀内家の人々とまで斬り合いたくはなかった。

「……忍殿と会わせてくだされ、義兄上《あに》」

「ふん、素浪人の義弟《おとうと》など持った覚えはないわっ」

こちらが冷静になって呼びかけても、貞五郎は取り合わない。先程から態度を変えることなく、醜く肥え太った顔に侮蔑の笑みを浮かべているばかりだった。

そこに、二人の声を聞きつけた忍が駆け出てきた。

「晋助様！」

「おっと」

足袋裸足のまま式台から飛び降りんとしたところを、貞五郎はすかさず止める。

「お離しくだされ、兄上っ」

「そなたは下がっておれい」

妹に懇願《こんがん》されても応じることなく、貞五郎は摑んだ腕を離そうとはしない。

「まだ得心《とくしん》できぬと申すのか、忍……斯様な下郎など相手にせず、左近衛将監様の御《み》許《もと》へ参ることこそが女の出世と、この儂に幾度言わせるつもりなのだ」

「離してっ」

「ええい、聞き分けのない奴め」

貞五郎は力任せに、忍の腕をねじり上げた。

「い、痛いっ」

思わず忍は悲鳴を上げる。

「おのれ！」

堪らずに、晋助は左腰に手を伸ばした。

罵倒されたことへの悔しさにも増して、実の妹を出世の道具に仕立てて憚ろうともしない外道の態度に、もはや怒りを抑えきれなくなったのだ。

「抜くか、下郎《げろう》」

刀を鞘走らせせんとする様を見返し、貞五郎は不敵に微笑む。

「応《おう》！」

きっと睨み上げる晋助の耳朶を、卑劣漢《ひれっかん》の自信に満ちた声が打つ。

「好きにせい。されど、この儂に刃を向けたとなれば御公儀が黙っておらぬぞ」

「何っ」

「矢部左近衛将監様は目付の鳥居様とご昵懇《じっこん》の間柄。その鳥居様は、老中首座の水野越前守の懐刀《ふところがたな》と聞こえも高き御方じゃ。うぬが如き、何の手蔓も持たぬ下郎をひねり潰すなど易きことと心得い」

「な、何だと⁉」

「それればかりではないぞ。左近衛将監様は直《じき》にお奉行となられるのじゃ」

「馬鹿な……」

「うぬは知らぬことであろうがの、儂の父上は五年前に南町の仁杉が御救米買い付けにおいて差益を生ぜしめ、御用商人どもの手元を潤《うる》わせしことを承知しておる。奉行の裁許《さいきょ》も得ずに為したることとなれば、これは大罪……仁杉はもとより、かかる事実を見逃した筒井伊賀守も罷免されるは必定ぞ」

「されば、おぬしらは南のお奉行と年番方与力様を陥れる所存なのか⁉」

晋助は唖然とするや、信じ難い様子で詰問《きつもん》した。

「ま、町方の禄を代々食《は》んでいながら父子揃うて何たることとか！　恥を知れっ」

「ほざけ。儂は近日中に見習いとして出仕に及ぶのだぞ。もとより筒井伊賀守に奉公するには非ず。近々に新しいお奉行を迎え奉るための露払《つゆはら》いにのう」

何と言われても、貞五郎は得意げにうそぶくばかりだった。

「おぬしらは……そ、それでも同心のつもりかっ」

「下郎に言われるまでもない。我ら父子は心を同じゅうして、事に当たるのだ」

これから悪事の片棒を担ぐと宣言しながら、貞五郎は微塵も恥じてはいない。自分たち父子の立場を正当化するに足るだけの後ろ楯がいるからだ。

矢部左近衛将監定謙と鳥居耀蔵は直参旗本。そして水野越前守忠邦は幕閣最高位の老中首座。代々の浪人である晋助に、もとより太刀打ちできる相手ではない。

この場で怒りに任せて貞五郎を斬ってしまえば、町奉行所ばかりか公儀全体が総力を挙げて追捕《ついぶ》に動き、忍を連れて逃亡を図ったところで、御府内《ごふない》を脱出することさえ叶わぬであろうことは目に見えていた。

ここまで晋助に手の内を明かしたのも、絶対の自信があればこそなのだろう。短慮な発言に違いないが、晋助を凍りつかせるには十分な脅し文句であった。

堀口父子は悪に魂を売った見返りに、とてつもない後ろ楯を得たのだ。

「く……」

「思い知ったか、下郎？」

歯噛みする晋助を式台から見下ろし、貞五郎は居丈高な一喝を浴びせかける。

「うぬが為すべきは忍から大人しゅう手を引き、分相応の嫁を迎えて貧乏所帯でも構えることじゃ。田舎流派の剣でも教えてのう」

「……」

「いずれ妹はお奉行の側室ぞ。控えおろうっ」

もはや晋助に、返す言葉はない。貞五郎が浴びせた罵声の数々は、無禄の浪人には一言とて抗弁のできぬ内容だったからだ。

晋助は無言のまま、切っていた鯉口《こいぐち》を締める。

これが殿中ならば鯉口を切る——鍔を親指で押し出すだけでも抜刀する意志ありと

見なされるはずだが、剣術に疎《うと》い貞五郎は気づいていない。

浪々の身ながら道場破りの強者として鳴らし、二流と軽んじられていながらも、実は真剣勝負に強い流派と密かに恐れられている天然理心流を修めた波岡晋助が弱々しく膝を突き、竹刀を取っては弱者にすぎない自分に頭を垂れただけで、十分ご満悦の様子だった。

「情けなき限りだのう。はははははは」

思い切り哄笑《こうしょう》を浴びせられながらも、晋助は黙って耐えていた。

勝ち誇る貞五郎に利き腕を取られたまま、はらはらと忍は涙をこぼす。

生木を裂かれた若い二人は為す術《すべ》もなく、ただただ悲嘆に暮れるばかりだった。

七

同日の夕刻。奉行所の勤めを終えて戻ってきた俊平は、組屋敷の玄関前にしゃがみ込んだ晋助の姿を見出した。

絶望しきった顔である。もしも門前に立っていたら不審者と見なされ、連行されてもおかしくなかったことだろう。晋助は俊平が独り暮らしと承知していればこそ、無礼を承知で門内に入り込んでいたのだ。

ぐったりしている友に肩を貸し、俊平はまずは屋内に連れていった。

「一体何があったんだい、波岡？」

「聞いてくれるか……」

鉄瓶から注いでもらった湯冷ましを飲み干し、晋助は訥々《とつとつ》と語り出した。

話を聞いているうちに俊平は血相を変えていった。

忍の身柄を巡る一件は、彼にとっても他人事ではないからだ。

昨年の暮れ、俊平は幸内と共に忍の身柄を解放することに協力している。

それは矢部と手を切ろうと決意した堀口六左衛門、そして部下を信じる仁杉五郎左衛門のために為したことだった。

にも拘わらず堀口は翻心《ほんしん》し、またしても娘を売ったばかりか、上役の五郎左衛門を裏切ろうとしている。このまま放っておくわけにはいかなかった。

第一、剣友の苦境を見捨ててはいられない。

「ふざけやがって！　それが父親と兄貴のすることかい!!」

障子越しに射す夕陽が、俊平の怒りの形相を照らし出す。

されど、北町奉行所の同心が南町に乗り込むわけにはいかない。

事件の捜査を巡っての対立ならばともかく、私的な問題で筆頭同心の身内に難癖《なんくせ》を付けたり、激昂して手を挙げたりすれば無事では済まない。

もとより俊平は血の気が多い。自分の性格を鑑《かんが》みるに、血気に逸《はや》って動いても事態を悪化させることしかできないだろう。

堀口父子と矢部、鳥居、そして水野忠邦は一本の線で繋がっている。今や幕閣内で最高の権力を握った老中首座が後ろ楯である以上、迂闊《うかつ》には動けまい。

穏便に事を納めるには堀口六左衛門と貞五郎を説得し、矢部の許に差し出した忍の身柄を返してもらえるように、彼ら父子のほうから矢部に申し入れさせるという方法を採るべきだ。

しかし、それは若い俊平では少し荷が重すぎる。

ここは冷静にして沈着な、かつ南町に顔の利く、宇野幸内に相談するより他になさそうだった。

八丁堀から新大橋までは、徒歩でも半刻（約一時間）とかからない。

俊平は青ざめたままでいる晋助を伴い、提灯を片手に夜道を駆けた。

灯火のない道場で打ち合う稽古《けいこ》を通じ、夜目《よめ》が利くように鍛え上げた二人だけに、暗がりで足を取られることもない。

月明かりの下、たゆたう大川を横目に新大橋を渡っていく。

「……冷えるな」

「花冷えの余韻《よいん》ってやつだろうぜ」

ぼそりとつぶやく晋助に、俊平は努めて明るい声で応じる。

感情をなくしてしまった状態でいた晋助が、少しでも五感が働くようになってきたのは良い兆候と見なしていい。

とにかく、すべては幸内に会わせてからのことだと、俊平は自らに言い聞かせ、逸る心を抑えていた。

新大橋を渡りきると、程なく二階建ての隠居所が見えてきた。

青葉庵——宇野幸内が女中の憐と共に暮らす、小さな一軒家である。

「斯様な時分にお訪ねしても、大事ないのか？」

「ご隠居にとっちゃ、まだ宵《よい》の口さね……ほら」

案じ顔の晋助に微笑み返すと、俊平は隠居所を指差してみせる。

見れば縁側に面した一階の六畳間にだけ、煌々《こうこう》と明かりが点《とも》されていた。

すでに夜五つ（午後八時）を過ぎている。武家であれ商家であれ、夕餉《ゆうげ》を済ませて就寝する時間だったが、幸内は宵《よい》っ張《ぱ》りな質だった。

憐は先に二階で床に就《つ》き、読書好きの幸内は例によって『南総里見八犬伝《なんそうさとみはっけんでん》』の新刊でも読み耽《ふけ》っている最中なのだろう。

質素な暮らしを送る幸内だが、趣味の読本と灯油にだけは費《つい》えを惜しまない。目を悪くすることのないように夜間の読書時は行灯《あんどん》の明かりを絶やさず、灯油には最上等の菜種油を用いている。

他の贅沢を慎んでいるので、隠居したときに与力株と家財を処分したぶんの蓄えで十分にやり繰りできるのだと、俊平は以前に聞かされていた。

「さ、遠慮するねぇ」

勝手知ったる様子で、俊平は庭に足を踏み入れる。

前栽の躑躅が夜目にも艶やかだった。

盛りの時期を迎えつつある躑躅と違って、南向きの庭にそびえ立つ一本桜は青々とした葉を茂らせているのみである。

ほんの一廻り（一週間）前までは満開だったのが、今や跡形もない。散った花びらは常の如くに憐が掃き集め、庭の畑の肥《こ》やしにするために埋めてしまったようだった。

「あーあ、すっかり散っちまったい。この前の花見んとき、お前にも声をかけとけばよかったな」

「え……？」

残念そうにつぶやく俊平を、晋助が怪訝《けげん》な顔で見返す。

「大御所の四十九日もまだ明けぬうちに、花見酒など喰ろうておったと申すのか」

「そうだよ」

答える俊平の態度は、あっけらかんとしたものだった。

「おおっぴらにゃ言えねぇことだが、実はうちのお奉行も大はしゃぎしたもんさ」

「遠山左衛門尉様が、喪《も》にも服されず花見を……か⁉」

晋助は度肝を抜かれた様子だった。

大御所の家斉公がお隠れになられたのに伴い、江戸市中の武士はつい先頃まで直参と陪臣《ばいしん》（大名の家臣）の別を問わず、等しく喪に服していたはずである。

浪々の身の晋助は常日頃から生臭物など懐《ふところ》の乏しさゆえ口にしていないが、ふだんは贅沢三昧の大身旗本も大名も三食を精進《しょうじん》料理に改め、飲酒も慎んでいた。

にも拘わらず、遠山は花見の宴で歓を尽くしたというのだ。

「ほんの一日だけのこった。大目に見ねぇ」

俊平はさらりと言葉を続ける。

「どうせ万事に派手好みだった大御所様のこったから、幾ら喪中だからって江戸中が辛気臭えばっかりじゃ安心して成仏なさることもできるめぇって、お奉行のほうから申されてなぁ。ご隠居と飲み比べをしなすって、随分とご機嫌だったぜ」

「つくづく豪気な御方なのだな、左衛門尉様とは……」

「そういうお人だから、俺みてぇな跳ねっ返りでも安心してお仕《つけ》えできるんだよ」

吐息を漏らす晋助に、俊平はにっこりして見せる。

凡百《ぼんぴゃく》の町奉行ならば血相を変えて皆を叱り飛ばすことだろうが、遠山は違う。亡き家斉公の人柄を直に知っていればこそ、大御所様を偲《しの》ぶ気持ちさえあれば花見をしてもいいだろうと自分から言い出したのだ。

かくして遠山と俊平は元旦に約束した通り非番の日に示し合わせ、幸内の隠居所で一同揃って花見の酒宴に興じたのだった。

遠山も豪気だが、招いた幸内も大したものである。

江戸市中には目付の鳥居耀蔵が探索網を張り巡らせ、奢侈禁制に反する者がいるか否かを常々調べ廻っている。こたびの大御所の死に際しては、喪に服さず歌舞音曲に興じたり大酒を喰らったりする、不敬な行為に及ぶ者を取り締まっていた。それを承知の上で幸内は隠居所を開放し、皆を招いてくれたのだ。

去る元旦に誰憚ることなく、禁制に触れる縞縮緬を着て堂々と出かけたのも、そんな反骨精神の表れであった。

幸内は元与力としての矜持を持っており、江戸市中を混乱に陥れる事件を解決する手伝いに労を惜しみはしない。されど老中首座の水野越前守忠邦が計画し、鳥居耀蔵が尖兵を務める公儀の改革に対しては、身を以《もっ》て反対の意を示していた。

かねてより水面下で進められ、贅沢三昧の家斉がいなくなったのを幸いとばかりに一気に具体化した公儀の改革は、年来の飢饉と物価高に苦しむ庶民の救済など最初から目指してはいない。

古き良き時代であった享保《きょうほう》・寛政《かんせい》の改革を理想とする水野忠邦が、飢餓状態の東北はもとよりお膝元たる江戸の民の現状さえ鑑みぬまま、勝手に思いついただけの愚策にすぎぬ。

そう見抜いていればこそ、幸内は公儀の奢侈禁制を意に介さず、敢えて高価な衣服を着けたり、花見の宴を催したりしているのだ。

かつて鳥居は幸内の抹殺《まっさつ》を企み、配下の御小人《おこびと》目付たちの中から選りすぐった精鋭を差し向けたこともあった。

だが手練《てだれ》の幸内を葬り去るには至らず、正面から攻めても貴重な手駒を失うばかりと思い知らされた今は襲撃を手控えていた。かかる情勢を冷静に判じた上で、幸内は常に堂々と振る舞っているのだ。

「大したものだな……」

「御公儀の申し付けに大人しく従ってるばかりが、御奉公じゃねぇってことだよ」

感心しきりの晋助に、俊平は笑みを浮かべて告げた。

それは幸内と親しく付き合ううちに、自ずと俊平の内にも根付いた思想だった。

幸内も遠山も、反骨精神だけで好き勝手に生きているわけではない。幕政の頂点に立つ忠邦が盛んに説いている「武士道」の解釈が納得できぬからこそ、傍目には傍若《ぼうじゃく》無人《ぶじん》とも思える態度を貫いているのだ。

与力も同心も、むろん奉行も将軍家に仕える直参の身。いざ幕府に危機が訪れれば主君たる将軍のために、命を捨てて戦うのが武士道の根本だ。しかし、平時においては俸禄《ほうろく》を得るぶんだけ働いてさえいれば十分であり、過度に奉公するには及ばぬ。いざというときに十全に立ち働くためにも、ふだんは力を蓄えておくべし。

そんな柔軟にして理に適った考えを幸内は若い頃から抱いており、いつしか俊平も感化されていたのだった。

どこまでも自然体であればこそ、何事が起きようとも慌てずに対処し得る。そんな幸内に俊平は心から敬意を抱き、全幅の信頼を預けていた。

(ご隠居なら、きっと何とかしてくれるさ)

胸の内でつぶやきながら、俊平は桜の木を見上げる。先だっての花見の折には酔い潰れた遠山を憐と政吉が介抱している間、幸内と二人で飽かず眺めたものだった。

生い茂った青葉を、淡い月明かりが照らしている。

青々と茂る葉は、目にする者を清々《すがすが》しい気分にさせてくれる。

「見てみなよ、波岡」

「うん？」

俊平に倣《なら》い、晋助は頭上の枝を振り仰いだ。

「花ぁ散っちまったが、これはこれでいいもんだろ」

「……うむ」

見上げる晋助の双眸は暗い。

矢部の屋敷へ連れ去られる忍のことを想い、心を翳《かげ》らせずにはいられないのだ。

「しっかりしろい」

そんな剣友の肩を、俊平はどしんと叩いた。

「通人どもは落花流水《らっかりゅうすい》なんて利いたふうなことを吐《ぬ》かしやがるが、ぜんぶの女が触れなば落ちるとは言い切れめぇ。違うかい？」

「……真実、そう思うか」

「お前さんが惚《ほ》れた女なら、腐った野郎に心まで許しゃしねぇよ。今は一日でも早く取り返すことだけを考えるんだ」

「うむ」

心を込めた励ましに、晋助はふっと微笑む。自分の殻に閉じこもってうじうじしている場合ではないと思い定め、幸内にすべてを打ち明ける気になったようだった。

「しっかり話すんだぜ」

「忝ない」

答える口調も、先程より力強さを感じさせるものだった。

八

「よぉ。若いのが雁首《がんくび》揃えて推参《すいさん》たぁ、賑やかなこったな」

幸内は嫌な顔ひとつ見せず、二人を中に招《しょう》じ入れてくれた。

まだ寝間着姿にはならず、縞縮緬の袷を着けている。読みかけの『八犬伝』は頁に付箋《ふせん》を挟み、寝室と書斎を兼ねた奥の六畳間の枕許に置かれていた。

「お構いもできねぇが、寛いでいてくんな」

幸内は火箸を取り、囲炉裏の埋《うず》み火を熾《おこ》す。自在鉤《じざいかぎ》には鉄鍋が掛けられていた。

「お前さん方、夕飯がまだなんだろ」

「お判りになりますのか？」

「いい若い者が冴えねぇ顔色をしてやがるのは腹っぺらしか、女に振られたときって決まってんだよ」

子細を問うことなく俊平に微笑み返し、幸内は鍋の木蓋《きぶた》を開けてみせる。

細く切った大根と油揚げが、ふつふつと煮え始めている。出汁《だし》が染みた大根には程よく脂が絡んでおり、見るからに美味そうだ。

漂い出る匂いを嗅いだとたん、俊平はにっと顔を綻《ほころ》ばせた。

「鶏と炊き合わせましたね、ご隠居？」

「ああ。散歩がてら、ちょいと亀戸《かめいど》まで出向いて仕入れてきたんでな」

「そいつぁいいや」

ほくほく顔で俊平は杓子《しゃくし》を握り、鍋をかき混ぜる。

しかし出てくるのは大根と油揚げばかりで、鶏肉など影も形も見当たらない。

「あれ……？」

「残念だったなぁ、若いの」

不思議そうに首を傾げる俊平に、幸内は悪戯《いたずら》っぽい顔で言った。

「身のほうは俺と憐で平らげちまったい。悪く思うなよ」

「ははぁ、我らは出汁のみというわけですか」

「お裾分けに預かりたけりゃ、次からはもうちっと早めに来るこった。ははは」

腐る俊平を笑い飛ばし、幸内は台所に入っていく。

箱膳《はこぜん》の代わりにお盆を出し、二人ぶんの什器《じゅうき》を並べる。

お櫃《ひつ》の中には、夕餉のときに炊いた飯の残りが二合半。まだほかほかと温かい。

「さ、好きなだけ食いねぇ」

「忝のうござる」

晋助は恐縮《きょうしゅく》した様子で杓文字《しゃもじ》を取り、先に盛った飯を俊平に手渡す。

小鉢は用意されていなかった。飯に煮物を汁ごとぶっかけて食し、速やかに腹拵えをするようにという配慮である。

俊平は鉄鍋を自在鉤から外し、熱々の煮物を杓子で掬《すく》った。

盛られた飯にくぼみを作り、溢れぬようにした上で掬った煮物を入れてやる。

「ほら、たんとご馳《ち》走になろうや」

「済まぬな」

若い二人は微笑み合いながら箸を取り、湯気の立つ椀を抱え込んだ。

「いい食いっぷりだなぁ」

旺盛な食欲を発揮する俊平と晋助を見守りながら、幸内は白湯《さゆ》を啜《すす》っていた。

食べ終えるのを待って、傍らの煙草盆《たばこぼん》を引き寄せる。

「そんなもんで足りたかい、お前さん方?」

「おかげさまで満腹ですよ」

紫煙《しえん》をくゆらせ始めた幸内に、俊平は笑顔で告げる。ぶっかけ飯は米粒ひとつ残すことなく、晋助ともども平らげた後だった。

二人が食後の白湯を飲み終えた頃、幸内は二服目の煙草を悠然と喫していた。常と変わらぬ、落ち着き払った態度である。

「波岡さんだったな。順を追って、話してみねぇ」

「謹《つつし》んで申し上げまする」

晋助は膝を正し、すっと幸内と視線を合わせる。

今や晋助は落ち着きを取り戻していた。

堀口貞五郎に散々罵倒された悔しさからも、忍を連れ出せなかった己自身のことを不甲斐《ふがい》ないと責める気持ちからも、すでに立ち直っている。

愚劣な男には違いないが、貞五郎は愛する忍の兄である。

相手が強大な後ろ楯を得ていることは別として、その場の怒りに任せて刃を向けるわけにはいかなかった。

第一、肉親を傷付けてしまえば忍を悲しませることになってしまう。彼女は幼い頃より親思い、兄思いの優しい女人であった。

力ずくでなく、あくまで冷静に堀口父子を説き伏せなくてはなるまい。

しかし、若い晋助と俊平では対処しかねるいま、ここは幸内を頼るしかないのだ。

自分が何を為すべきなのかを教示してほしい。たとえ忍と生き別れになるとしても、彼女の身を救うために、どうすればいいのかを示唆《しさ》してもらいたい。

そんな真摯《しんし》な願いが、晋助の男臭い顔に満ち満ちていた。

九

何を言われても驚く幸内ではない。

晋助の告白を余さず聞き終え、かつて同じ釜の飯を食った仲の堀口六左衛門が外道の一味に魂を売ったと知っても、端整な細面《ほそおもて》は柔和な面持ちのままであった。

「なるほどなぁ。堀口の奴、父子揃って出世に目が眩《くら》んじまったってわけかい」

「悲しいことですが、斯様に見なすしかありますまい……」

「まぁ、そいつも人の性《さが》ってもんだろうさ。目の前に美味しい餌をぶら下げられりゃ、誰だって揺れ動くもんよ。そこんとこは判ってやりな」

切なげに吐息を漏らす晋助に、幸内はあっさりと告げる。

若い相手を小馬鹿にしているわけではない。生身の人間ならば誰でも誘惑に屈する可能性があるという自明の理を晋助に踏まえさせ、堀口六左衛門と貞五郎父子を必要以上に憎んではならないと諭しているのだ。

むろん、このまま看過《かんか》するつもりはない。

出世欲に取り憑《つ》かれた堀口父子は肉親の忍のみならず、幸内にとっては無二の朋友である仁杉五郎左衛門を、さらには奉行の筒井伊賀守政憲までも踏み台にしようと目論んでいるからだ。

　現職の仁杉が表の、引退した幸内が裏の支えとなることで、南町奉行所の体制は盤石なものとなって久しい。かかる現体制を打ち崩し、野心家の矢部を新奉行にするために堀口父子は暗躍し始めているのだ。断じて放ってはおけなかった。

「とまれ、親父の六左衛門を改心させせなくっちゃなるめぇな」

「貞五郎はよろしいのですか？」

「大事ねぇやな、あんな小者」

　口を挟んだ俊平に、幸内は苦笑交じりに告げる。

「所詮は出世話に舞い上がってるだけの馬鹿野郎さ。手の内をべらべら喋っちまったって親父に知れて、今頃は大目玉を喰っていることったろうよ。放《ほ》っとけ放っとけ」

「左様ですか……」

　痛快な一言を耳にして、晋助は溜飲《りゅういん》の下がる思いであった。

「だがな、六左衛門だけは放っておくわけにゃいかねぇ。矢部の野郎が躍起になってほじくり返そうとしていやがる御救米の一件をぜんぶ承知してる生き証人は、仁杉の他には同心のあいつと佐久間だけだからな」

「え……」

　その名前が出たとたん、俊平ははっとした。

「佐久間様とは吟味方下役の御仁《ごじん》ではありませぬか、ご隠居？」

「知ってんのかい、若いの」

「八丁堀の稽古場にて幾度も手合わせをさせていただきました。捕縄捌きはもとより十手を振るう手の内が殊《こと》の外、お見事に錬《ね》られておいでです」

つぶやく俊平の口調は、話題の主を賞してやまぬ響きを帯びていた。

町奉行所勤めの与力と同心が集住する八丁堀には、捕物術の稽古専用の道場が設けられている。

同心はもとより配下の小者や岡っ引きに至るまでの面々が南北の所属の別なく通い、八代将軍の吉宗《よしむね》公が制定した『江戸町方十手捕縄扱い様《よう》』と『江戸町方十手双角《そうかく》』、および臨機応変に犯人を召し捕るための技を稽古するのだ。

経験不足で民事の手続きには疎《うと》い俊平だが、捕物術の腕を磨くことには見習いの頃から人一倍熱心だった。ふだんは付き合いのない南町の同心衆と、稽古の場において顔見知りになっていたとしても何ら不思議ではない。

「あの御仁ならば、いつ廻方に抜擢されても不足はありますまい……」

「おぬしがそこまで褒めるとは、よほどの手練なのだな」

黙って耳を傾けていた晋助が、感心した様子で言った。

若い二人が修めた天然理心流には刀を抜き振るう術だけでなく、柄と鍔で当て身を喰らわせて失神状態に陥らせる、捕物向きの技も豊富に伝承されている。

かかる術技の数々を身に付けており、真剣を扱う手の内に相通じる十手の打ち込みも緩急自在の俊平が、手放しに賞賛してやまない南町同心の佐久間は、かなりの遣い手であるらしかった。

「そうだろうなぁ……たしかに、あいつぁ出来る奴だぜ」

二人の所見に、幸内は深々と頷いてみせる。

「町方じゃ見習いの同心に首打ち役をやらせるのが常のことなんだが、まともに御役を果たせる奴なんざ滅多にいるもんじゃねぇ。今日びは竹刀の捌きは上手でも、本身なんざ抜いたこともないって手合いばかりだからな」

「はぁ」

それは俊平自身にも、覚えのあることだった。

「ところが佐久間ぁ一度も仕損じたことがねぇんだ。稽古で畳を斬らせるときと同じ《おんな》ように、いつも一振りでサックリとやってのけたもんさ。物静かで目立たない奴なんだが、妙に度胸が座ってるんだなぁ……ほんと、出来た男だよ」

「なるほど、やはり頼もしき御仁なのですね」

「そういうこった」

感心しきりの俊平に、幸内は微笑み返す。

「あいつなら、矢部と鳥居に美味しい話をちらつかされたって心を動かすことはまずあるめぇよ。堀口さえ改心させちまえば、生き証人の線は押さえられるぜ」

「お願いできまするか、ご隠居」

「任せておきねぇ」

二つ返事で請け合う幸内を、俊平と晋助は頼もしげに見やる。この人に託せば大事はあるまいと、共に確信していた。

そんな二人に、幸内はさりげなく念を押す。

「お前さん方、あくまで相手の出方次第ってことだけは、含んで置いてくれよな」

「ご隠居？」

「堀口は佐久間と違って、肝っ玉の小せえ男よ。それだけに締め上げるのは心苦しいこったが、性根が腐りきってるとなれば俺も勘弁《かんべん》ならねぇ。そんときは鬼になっちまうけど、構わねぇな」

「鬼……にございまするか」

晋助はきょとんとした面持ちになった。

幸内が現職の与力だった頃、鬼仏《おにぼとけ》の異名《いみよう》を取っていたことは聞き及んでいる。しかし、吟味の場で取り調べを行う現場を目の当たりにしたことがない以上、いつも仏の如くにこにこしている好漢《こうかん》が、どうすれば鬼になるのか想像がつかないのだ。

戸惑う晋助に、幸内はさらりと告げる。

「要は、改心しそうになけりゃ引導《いんどう》を渡すってことさね」

「それは……詰め腹を切らせる、ということでありますか？」

「ああ」

答える幸内の表情は常と変わらず、柔和そのものだった。

若い二人は声も出ない。

たしかに、矢部の野望を阻むためには、生き証人として利用されかかっている堀口をどうにかしなくてはなるまい。改心さえしてくれればよいのだが、あくまで敵方に付く意志を動かさぬ場合には、非情な措置とて取らざるを得ないことだろう。

頭ではそう理解できるが、仮にも堀口は忍の父親である。出世のために娘を売ってしまう輩《やから》とはいえ、晋助にとっては義理の父と仰ぐべき相手なのだ。

願わくば、無下に死なせたくはない。

かかる一念が、晋助の口を突いて出ようとした。

「宇野様、あの御方は拙者《せっしゃ》の……」

「義父殿《おやじ》になるから、それがどうしたってんだい」

皆まで言わせず、幸内は冷ややかに見返す。

「まさかお前さん、同心の家の娘だから忍さんに惚れたわけじゃあるめぇ？」

「ち、違いまする」

気圧《けお》されながらも晋助は懸命に言い返したが、幸内には通じなかった。

「そんなら堀口の先行きなんぞを気に掛けるには及ぶめぇ。惚れた女の身の上だけを考えてやりな」

「されど、六左衛門様は……」

自分にとっては軽からぬ存在であるのだから、穏便に済ませてやってほしい。晋助は重ねて訴えようとした。

それでも幸内は取り合おうとはしなかった。

「こっちに任せたからにゃ、余計な口は挟ませねぇぜ」

「……」

鋭い視線に射すくめられ、もはや晋助は一言も返せない。

俊平も顔を強張《こわば》らせ、事の成り行きをはらはらしながら見守るばかりであった。

幸内の内に潜む鬼の一面を目の当たりにしたのは、これが初めてのことである。

真剣勝負の場に立ったときとは、また違う。

ひとたび刃を向け合えば感情というものは邪魔になる。一流の剣客たる幸内は無心になって刀を打ち振るい、太刀筋をぶれさせることなく敵を倒す術《すべ》を心得ている。

しかし今、幸内の感情は剥き出しになっていた。

端整な細面は朱く染まり、両の目をきっと吊り上げている。

「俺は堀口とは長え付き合いだ……。お前らが生まれる前から、あいつが見習いの若同心の頃から知ってるんだぜ。そいつが手前《てめえ》の古巣をよ、本気で危うくしようとしていやがるってんなら容赦はしねぇ……」

つぶやく声も、度し難い怒りの響きを帯びている。

幸内は堀口本人ではなく、その悪行を憎んでいるのだ。罪を憎んで人を憎まず、という穏便な考えで済ませられるかどうかは当人の態度次第であろうが、上役を裏切って南町奉行所の現体制を危うくしようとした事実に対し、実は怒り心頭に発していたのである。

堀口が真の悪人に堕《だ》していたとなれば、穏便に済ませてはもらえまい。晋助は義理の父親になるかもしれない男の運命を、黙って委《ゆだ》ねるより他になかった。

「ご隠居……」

俊平は遠慮がちに呼びかける。

「と、とまれ堀口殿に会《お》うてみてくだされ」

「そうだな」

怒鳴りつけられるかと思いきや、幸内はふっと表情を緩めた。

「さて、と……」

二人から視線を外し、悠然と腰を上げる。

台所に立ち、取ってきたのは一升徳利であった。

「どうだい、話も済んだところで一杯呑《や》っていくかね」

呼びかける態度に、先程までの険しさは微塵も感じられない。すべては堀口当人に会ってからのことと判じ、ひとまず怒りを収めてくれたようだった。

十

囲炉裏の火が燃えている。

夜も更けて冷え込みがきつくなっていたが、火に当たりながら茶碗酒を酌《く》み交わす三人は顔が火照るほど暖まっていた。

「よろしいのですか、お憐さんが休んでおられるのに？」

「お前さん方が酔って羽目を外す質じゃねぇのは判ってらぁな。どこかのお偉いさんと違って……な」

幸内が苦笑しながら言ったのは、遠山のことだった。過日の花見の宴では酔っ払ったあげくに猥歌《わいか》を放吟《ほうぎん》し、憐を大いに赤面させたものである。

「金四郎さんは奉行所でもああなのかい、若いの？」

「とんでもありませぬ。平素は語り口こそ我らと同じく伝法でいらっしゃいますが、ご登城されし折には、謹厳そのものでおいでです」

「そりゃそうだ。上様やご老中を相手にべらんめぇってことはあるまいよ」

かく言う幸内と俊平も、場面場合に応じて口調は改める。

市井の民と馴染まなくては勤まらぬ役目上、ふだんは砕けた言葉遣いをしているだけのことで、改まった場に赴いたときや目上の人物と接するときは武士らしく、折り目正しい話し方になるのが常である。

その点は遠山も同様のはずだが、花見の席での羽目の外しっぷりは、俊平をして思わず啞然とするほどだった。

「まぁ、柄にもなく真面目で通しているもんで、昔馴染みの俺や政と呑んでるとタガが緩んじまうんだろうな。うん」

「さればご隠居、若年のみぎりのお奉行は？」

「あのぐれぇは当たり前だったぜ。この調子じゃあ昔みてぇに裸踊りをおっ始《ぱじ》めるんじゃねぇかって政と二人で冷や冷やしてたんだが、さすがに金四郎さんも少しは弁《わきま》えてくれたんだろうなぁ」

「左様でしたか……」

意外な話に、俊平と晋助は思わず笑みを誘われた。

「さぁ、ぐっと空けな」

　若い二人に勧めながら、幸内は一碗の酒をちびちび傾ける。

　本腰を入れれば底無しなのを承知している俊平だが敢えて酌《しゃく》はせず、託した願いに支障を来さぬようにと気遣っていた。

「おっ。いい呑みっぷりだなぁ、波岡さん」

「腸《はらわた》に染み渡る思いにございまする」

「そいつぁいいや。もう一杯、どうだえ？」

「いただきまする、宇野様」

　幸内の酌を、晋助は笑顔で受ける。精悍な口元から白い歯を覗かせ、折り目正しくも寛いだ態度を示していた。

「結構、結構。酒ってもんは楽しく呑《や》らにゃ、身体に障るばかりだからなぁ」

　軽くなった徳利を片手に、幸内は微笑む。

「億劫になったら泊まってきな。ちょいと冷えるが、雑魚寝《ざこね》したところで風邪なんぞ引き込むほど柔《やわ》じゃねぇだろ」

「有難う存じまする、ご隠居」

「だけどよ、若いの。二階《うえ》に忍んで行くのだけは御法度《ごはっと》に願うぜぇ」

「な……何と申されます!?」

呑みかけた酒を、俊平は思わず噴き出す。

対する幸内の態度は大真面目だった。

「俺ぁ憐の父親《てておや》代わりなんでな、一応は釘を刺しておかねぇと」

「ご、ご冗談を……」

「まぁ、あいつに気があるんなら、俺の許しを得てからにしろってことさね」

咳《せ》き込む俊平に手ぬぐいを放って寄越《よこ》しつつ、幸内はからりと笑う。そんな父子の如き二人の姿を、晋助はどことなく羨ましげに見やっていた。

幸内の厳しい一面を目の当たりにした衝撃からは、完全に立ち直っている。

もとより、晋助とて弱い男ではない。

代々の浪人の子に生まれ、名ばかりの士分のくせに生意気だと直参の子弟から貶められても屈することなく、喧嘩など売られれば腕ずくで相手を黙らせてきた。怒りを買って闇討ちを仕掛けられても動じることなく立ち向かい、殺しはせぬまでも二度と刀を握れぬように痛めつけてやったものである。

その晋助をして瞠目《どうもく》させたのだから、幸内の貫禄《かんろく》は大したものだった。

激変ぶりに対する驚きが失《う》せた今は、むしろ感嘆する気持ちのほうが強い。

かつては鬼仏と評判を取った腕利き与力も隠居して丸くなり、半ば道楽で町奉行所の手伝いをしているだけとばかり思っていたが、まだ全く枯れてはいない。凡百の剣客など及びもつかぬ迫力を、二枚目然としたたたずまいの下に隠していたのだ。

この傑物に任せた上は、余計な口出しなどしてはなるまい。

たとえ堀口がどうなろうと、同心としての家がなくなろうと、忍の暮らしは自分が支えてみせる。

そんな決意を新たにしつつ、晋助は茶碗酒を傾ける。

「これでおつもりにしようかね」

幸内は柔和に微笑みながら、徳利の底に残った酒を若い二人に注いでやる。

鬼の顔を収めた今は、穏やかそのものの面持ちだった。

十一

若い二人の期待に違わず、宇野幸内は翌日早々に動いた。

南町奉行所を訪問して仁杉五郎左衛門に話を通し、同席を願った上で、堀口六左衛門との面談に及んだのだ。

年番方与力の用部屋に呼ばれた堀口は、幸内の顔を見たとたんにぎょっとした。

「う、宇野様？」

「よぉ」

「し、暫くぶりにございまする。その節は一方《ひとかた》ならぬお世話になり申しました……」

ひょいと片手を挙げて見せる幸内に、堀口はぎこちなく頭を下げる。

内心は面白かろうはずもないが、短慮な貞五郎と違って彼には分別がある。奉行の筒井を罷免に追い込んで矢部を後釜に据えるまでは、目立った動きをせぬように自重するつもりでいた。

今は仁杉に対してはむろんのこと、十手を返上した身の幸内にも丁重に接さなくてはならない。

それに非公式なこととはいえ、幸内は南北の町奉行所がお手上げの難事件を幾つも解決に導いてきた功労者だ。のみならず昨年の末には、愛娘の忍を矢部の許から奪還する手助けまでしてくれている。

悪に心を売り渡した今となっては恩義も何もありはしないが、自分が裏切り者である事実を隠し通すには、感謝している態《てい》を装わなくてはならなかった。

しかし、堀口は肝心の演技が下手すぎた。

態度を取り繕《つくろ》おうとする余り、痩せた顔が引き攣《つ》っている。

かかる反応を見て取った上で、幸内は穏やかに語りかけた。

「お前さん、しばらく見ねぇうちに随分と箔《はく》が付いたもんだなぁ」

口調も表情も柔らかいが、あからさまな皮肉である。

「ご、ご冗談を……」

「朝っぱらから冗談を言いに来るほど、俺も閑人《ひまじん》じゃないぜ」

努めて平静を保とうとする堀口に微笑みかけ、幸内は間を置くことなく問いかける。

「時に、娘御は変わりないのかい」

「おかげさまで……そ、息災にしております」

「ってことは、組屋敷にいるんだな？」

「さ、左様にござる」

「そんなら見舞いに行ってもいいかね。娘御の想い人の、波岡も連れていくよ」

「そ、それればかりはご容赦くだされ」

晋助の名前を出したとたん、堀口は血相を変えた。

幸内があの若者と合流すれば、貞五郎が迂闊に漏らした事実がことごとく伝わってしまう。そうなれば万事休すだった。

すでに二人が示し合わせているのを、もとより堀口は与《あずか》り知らない。しかも自分が誘導尋問されていることにさえ、まだ気づいてはいなかった。

「どうしてだい」

対する幸内は表情を変えぬまま、不思議そうに問いかける。

「畏《おそ》れながら、愚問というものでありましょう」

負けじと眦《まなじり》を決し、堀口は臆することなく言葉を返す。

「町方とは申せど当家は代々の直参。素浪人を婿に取るつもりはございませぬ」

「ふーん……お前さん、稀有《けぶ》（奇妙）なことを言うもんだねぇ」

幸内は意味深につぶやいた。その端整な細面が、ふっと険しくなる。

堀口を見返す視線も一瞬にして、きついものに変じていた。

「年の瀬にゃ二人の仲を許すって、言ってたんじゃねぇのかい。この仁杉と俺の前《めえ》で、はっきりとな」

「は……」

堀口はたちまち言葉に詰まった。

初歩の尋問で矛盾を突かれ、とぼけ通すこともできずにいる。これで事件の捜査に携わる廻方の筆頭同心だとは、呆れたものだった。

同席した仁杉五郎左衛門は黙ったまま、二人の対話を見守っていた。

堀口が上役だった自分のことを裏切り、五年前の御救米買い付けにおいて御用商人たちに数々の便宜を図った事実を、矢部の命じるがままに訴えるつもりでいるらしいというのは、あらかじめ幸内から聞かされている。

それでも自ら問い詰めずにいるのは、まだ堀口を信じ抜きたいからなのだ。

（やりすぎてくれるな、宇野……）

胸の内でつぶやきつつ、じっと二人のやり取りを見守るばかりだった。

十二

人の善悪を一面だけで判断せず、まずは信頼することから入る。

それは宇野幸内と仁杉五郎左衛門が若年《じゃくねん》の見習いの頃から、ずっと貫いてきた姿勢であった。

与力は奉行の名代《みょうだい》として諸方に出向き、重大な案件をも代理として決裁する責務を担う。物事を安易に決めつけるようでは、自ずと失敗を招きかねない。

まして幸内は人命さえ左右する吟味方与力を永らく務め、誤った判断が決して許されぬ立場だったのだから当然と言えよう。

とはいえ、幸内が保身だけのためにそう心がけてきたわけではないことを、年来の朋友である五郎左衛門は知っている。

幸内も五郎左衛門も、人間が好きなのだ。

神ならぬ身であるが故、人は誰もが過ちを犯す。時として悪事に及び、余人に害を及ぼすこともしてしまう。

しかし悪行に及ぶことしか頭にない者など、本来ならば一人もいるまい。

人には悪《あ》しき面があれば、善《よ》き面も生まれ持っている。

その善き面を育み、心の内に巣くう悪しき面に打ち勝つように大人たちが身を以て手本を示し、幼子《おさなご》らを正しく教え導けば、世の中に悪人が蔓延《はびこ》りはしないはずである。

されど現実には、いつの世にも悪行が絶えることはない。

幸内と五郎左衛門は一刑吏《けいり》の立場から、人が人を陥れ、辱め、無惨に殺害せしめる事件と日々向き合わねばならなかった。

なればこそ代々の家職を継いで与力となったとき、どれほど凶悪な事件を担当したときも取り調べる相手を頭から疑ってかからず、まず信じることから始めようと誓い合ったのだ。

不完全であればこそ、人は過ちを犯す。

だが、すべての過ちが取り返しのつかぬものとは限らない。本来は微罪であるはずの者が極刑に処されてしまっては、更生の余地もないではないか。

その反対に、人として許し難い所業に及んでいながら罪を逃れ、のうのうと生きて悪行を繰り返す輩を見逃してはなるまい。

刑吏である以上、幸内も五郎左衛門も悪を罰さなくてはならない。悪の面ばかり増長して取り返しがつかなくなっている者を野放しにし、新たな犠牲者が出てしまうことを許してはならないのだ。

人間が好きだということと、悪事に寛容であるのとは違う。

まだ髪が生え揃わず、髷も結えずにいる幼子ならばともかく、元服する齢になれば自ずと分別はつく。我欲を満たしたいがために人を騙《だま》し、傷つけ、殺してしまうのが悪しき行いであり、もしも己が同じ目に遭《あ》えばどうであろうかという自覚を持つことができるはずなのだ。

にも拘わらず悪行に——それも取り返しのつかぬ所業に及ぶ者は少なくない。

若年であるのを理由にしたり、周囲の環境が悪くて耐えられなかったと言い逃れをする輩も数多い。しかし神ならぬ身である以上、罪を憎んで人を憎まずという綺麗事で常に得心できるほど、人間は寛容ではあり得ない。

不完全であればこそ過ちを犯すのが人ならば、その過ちをことごとく許せないのもまた、同じ人の性《さが》だからだ。

だからこそ刑吏は罪は罪、罰は罰という揺るぎない姿勢を保たねばなるまい。

されど、人が人を裁くのにも往々にして過ちが起こり得る。

裁く立場の刑吏も神ならざる、不完全な人間だからだ。

町奉行所だから、為政者《いせいしゃ》たる武士だから、好き勝手に裁いてよいわけではない。同じ人間が人間を吟味していることを常に心がけねばならないと、幸内は折に触れて五郎左衛門に訴えていたものだった。

まずは相手を同じ人間と見なし、信頼することから入って、心の内を見せてもらうのが吟味の第一歩。そう主張して止まぬ幸内の吟味ぶりは徹底していた。

裁く相手の本質を知れば事件の真相も自ずと明らかになってくると主張し、証拠を固める前にとことん容疑者と付き合う。

その上で相手が本当に犯罪に関与したのか否かを判じ、いちから調べ直して解決の糸口を突き止める。

吟味の課程において第三者の存在が浮上すれば速やかに、天性の推理力を駆使して捜査する。限られた時を最大限に生かし、無駄足を踏まぬように配下を走らせ、自らも労を惜しまず奔走《ほんそう》する。

宇野幸内は常にそうやって事件を解決し、真相に基づいて裁きを下してきた。

冤罪の線が濃厚になってくれば全力を挙げて刑の執行を阻止する反面、取り返しがつかぬほど悪しき面に浸りきった外道に対しては容赦しない。たとえ若年の者や女人であろうとも迷うことなく極刑に処し、身内を酷い目に遭わされた遺族の無念をきっちり晴らしてやるのが常だった。

むろん、怒りに任せて裁きを下していたわけではない。

許すにせよ罰するにせよ、まず相手を信じることから始め、辿り着いた真相を公平に吟味した上のことである。

そんな幸内の姿勢を見習い、五郎左衛門は数々の役目に取り組んできた。町奉行所の目が行き届かぬ大川東岸の治安を預かる、本所改役を拝命《はいめい》していた当時はとりわけ気を張り、吟味違いによる冤罪の発生防止に努めたものだ。

されど、五郎左衛門には非情に徹しきれぬ部分もあった。

ひとたび改悛の情なき悪と見なせば厳罰を与えるのを厭《いと》わぬ幸内に対し、さらに人を信じ抜きたい気持ちが強い。

五年前の御救米買い付けにおいても同様だった。

越後《えちご》米《まい》の調達を命じた深川佐賀《さが》町の米問屋が不手際を重ねて作った損金を、五郎左衛門はすべて帳消しにしてやった。

しかも原因の如何《いかん》を問うことなく、奉行の裁可を得ぬままに独断で帳尻を合わせたのである。

相場と価格の変動による損失はともかく、越後の現地まで買い付けに向かわせた米問屋の手代《てだい》たちが、道中の酒食遊興で故意に遣い込んだ三百両まで補塡したのは甘いと言われても致し方あるまい。

幸内ならば真相を突き止めた上は容赦せず、江戸を遠く離れた役目の癒《いや》しに必要なことだったなどという、たわけた言い訳にも聞く耳を持つことなく悪事の報いを与えていたに違いない。

しかし、五郎左衛門には、そうすることができなかった。米不足に苦しむ江戸の民を救うべく調達に立ち上がってくれた米問屋に損害を背負わせぬため、敢えて不手際に目を瞑《つむ》って御用金を追加投入したり、当初の買い付け対象からは外されていた安い米に代替し、差益を浮かせてまで、損害を補塡したのである。

すべては人を信じ、憎まぬ発想ゆえのことだった。

その一連の独断を奉行の筒井は黙認し、五郎左衛門の越権行為を咎め立てしないままで済ませてくれた。

筒井もまた、罪を憎んで人を憎まぬことを信条としていたからである。

（お奉行と私は似ているのだろうな……）

五郎左衛門は改めて思う。自分も筒井も大手柄を立てようと躍起にならず、目の前の職務をひとつひとつ堅実にこなし、自他共に大過を犯さぬことを第一に心がけて生きてきた。その堅実さが名与力、名奉行たる評価に繫がったと言える。

筒井の場合には幸内の華々しい活躍が公儀の評価に加わり、悪に厳しいだけでなく、吟味違いによる冤罪を発生させることもない傑物と認知されたからこそ、二十年にも亘って町奉行の要職に任じられたのだ。

五郎左衛門だけで支えていては、そこまでの高い評価は得られなかったことだろう。

だが、幸内は人をまず信じることから入る一方、ひとたび悪と見なせば容赦しない男だった。

今や幸内と堀口の対話は、完全に取り調べの様相を呈《てい》していた。

「お前さん、娘を矢部の屋敷に預けたんだってな」

相変わらず狼狽《ろうばい》を隠せずにいる堀口に、有無を言わせぬ一言が浴びせられる。

「白刃《しらは》の下ぁ潜って取り戻した大事な娘をよぉ、年が明けたとたんに熨斗《のし》付けて進呈するたぁ、一体どういう料簡《りょうけん》なんだい？」

「そ……そのようなことを、いったい何者が吹聴したのですか、宇野様」

「さてね。もしかしたら見習い与力になって浮かれてやがる、お前んとこの馬鹿息子じゃねぇのかい」

「さ、貞五郎が他所《よそ》でも喋りおったと!?」

「語るに落ちたな、馬鹿野郎」

「……………」

堀口は青ざめた顔で幸内を見返す。最初に見せた従順な表情は、もはやどこにも見当たらなかった。

「お前が矢部だけじゃなく、鳥居とつるんでいやがるのも承知の上よ。あいつの後ろにゃ水野越前守が控えていなさる……何とも頼もしいこったな」

「せ、拙者に手を出さば、越前守様が黙ってはおられませぬぞ！」

追い詰められた堀口の懸命な叫びが、人払いされた廊下に空しく響いた。

「甘いなぁ、甘い甘い」

幸内は皮肉な笑みを浮かべると、堀口にずいと顔を寄せた。

「町方の木っ端《こぱ》役人ひとりの生き死にを、お偉方がいちいち気に掛けなさると本気で思ってんのかい？　矢部さえ奉行の座に据えりゃ、事を知りすぎちまったお前は鳥居の番犬どもに始末されるだけのこったろうよ」

「そんな……」

堀口は返す言葉に窮《きゅう》し、呆然とした表情になった。

「出世に目が眩んだのが命取りだったな。え？」

「そ、それはわが家と貞五郎の将来を思えばこそ……」

「黙りなっ！」

皆まで言わせず、幸内は怒りを込めて一喝する。

「あるじを裏切っておいて、本気で家が栄えるとでも思ってんのかい？　お前みてぇな糞野郎と心を同じくしようなんて言っちまった手前が恥ずかしいぜ!!」

幸内の険しい面持ちは、かつて奉行所の白洲《しらす》において幾度となく目にした、改悛の情なき悪党を裁くときの鬼の顔そのものだった。

早く観念して詫《わ》びていれば、ここまで追い込みはしなかったことだろう。

堀口は娘を売りはしたものの、まだ矢部一味の片棒を担いで筒井を罷免させるまでには至っていない。今のうちならば前非を悔い、改めて幸内らに助勢してもらって忍の身柄を取り返し、いちからやり直すのも可能なのだ。

しかし、堀口は機を逸してしまった。もはや悪に心を売り渡した外道として、断罪されても仕方のない存在に成り果てたのだ。

「お、お許しくだされい」

「そいつぁ俺じゃなくて、お奉行に申し上げるこったろう? 下城して来られるにゃ、まだ間があるぜ。性根を据えて、もうちっと気の利いた詫び言でも考えるんだな」

ぶるぶる震えながら平伏する堀口を、幸内は冷然と見返す。

これから更に苛烈な言を浴びせかけ、筒井の面前へ引きずり出す前に、すべての背後関係を自供させるつもりであった。

そこに突然、五郎左衛門が割り込んできた。

「面を上げよ、堀口。これより先の詮議は無用じゃ」

「おい?」

幸内が口を挟もうとしても意に介さず、五郎左衛門は肩を震わせる堀口へと躙り寄る。

「仁杉様……」

「私はおぬしが必ずや改心することを信じておるぞ。安堵せい」

「か、忝のう存じまする……」

畳の上に堀口の感涙が散る。

押し退けられた幸内は二の句が継げぬまま、朋友の背中を見やるばかりだった。

十三

矢部一味の企みには加担しないと約束し、堀口は速やかに廻方の用部屋へと去っていった。

追いかけて首根っこを捕まえようとしたところで、事情を知らぬ配下の同心衆から止め立てされてしまうのは目に見えている。

いかに辣腕の吟味方与力だった幸内とはいえ、今は隠居の身である。どちらの肩を持つかといえば、現職の堀口に決まっていた。陰の協力者という存在ではあっても、幸内は組織の上では部外者にすぎないからだ。

「ったく、こんなことなら、仁杉にゃ立ち合ってもらうんじゃなかったぜ……」

奉行所の長い廊下を歩きながら、幸内はぼやくことしきりだった。

まずは人を信じることから入るという信条を同じくしてはいても、五郎左衛門とは尺度に違いがありすぎる。

幸内は自分が若い頃から接してきた相手なればこそ、堀口を厳しく責め立てた。捕縛されてきて初めて会った容疑者に対し、いきなり斯様な真似をしたことは一度もない。何十年も奉行所内で付き合ってきた堀口だからこそ、その裏切りが許せずに、鬼の顔を見せたのだ。

しかし、朋友の理解は得られなかった。

仁杉五郎左衛門は、まだ堀口のことを信頼している。

こたびのことは家と息子の将来を案じるあまり、気の迷いが生じただけのことであると好意的に解釈した上で、すべて不問に伏したのだ。

だが、堀口を信じて静観するだけで事態が収まるとは、とても思えない。

追って裏付けを取らなくてはなるまいが、堀口が矢部と再び結託したとなれば憂慮《ゆうりょ》すべき事態であった。

矢部は勘定奉行の座にあった頃から御救米買い付けの一件を嗅ぎ回り、周辺の事情におおよその当たりを付けているらしい。そこに策士の鳥居が加担し、配下の御小人目付を総動員して証拠を集めたとなれば、かなりの情報が矢部の許には集まっていると見なしていい。

その上で生き証人として堀口を取り込み、公儀に訴え出るつもりなのだ。

「このままにはしておけるまいよ……」

幸内は険しい表情でつぶやいた。

五郎左衛門で埒が明かぬとなれば、奉行の筒井へ直《じか》に働きかけるより他にない。

だが、幸内が筒井と面談することは許されなかった。

「これより先はお通しできませぬ故、お戻りくだされ」

三村と名乗る見習い同心がいきなり現れるや、頑《がん》として幸内の行手を遮ったのである。

六尺近い長身を盾にして、三村は幸内が奉行の用部屋へ押し通ろうとするのを阻む。

「この野郎！　どきやがれいっ」

「奉行所内にございまするぞ。伝法な物言いをなさるのは、素町人どものときに限っていただきたいですな」

凄んで見せても動じることなく、三村は角張った顔に静かな殺気を漂わせている。

右手には、鞘ぐるみの大刀を提げていた。わざわざ刀を携えて廊下で待機し、行く手を阻止するつもりでいたらしい。

（こいつ……）

幸内は改めて、相手を注視した。

見習いにしては薹《とう》が立ちすぎている。剽悍な体軀からすると見た目より若いのかもしれないが、高い株を買ってまで町方同心になりたがる手合いとは思えない。

刀の柄を一目見れば、腕の程は察しがつく。三十俵二人扶持の同心職を得るよりも、剣客として雇われる口を探したほうが、よほど金になるはずだ。

あるいは、敵の手の者ではあるまいか——。

瞬時にそう判断した幸内は、努めて冷静に問いかけた。

「お前さん、どこの者《もん》だい？」

「本日より出仕に及びし、三村右近にござる」

答える声は淡々としている。南町の鬼仏と呼ばれた幸内のことを、まるで恐れる様子もなかった。

しかし、幸内とて、ここで引き下がってはいられない。

「三村さんとやら……お前の腕なら十手なんぞ握るよりも、だんびらを振り回すのが合ってるんじゃねぇのかい。雇い主なんざ幾らでもいるだろうが」

「乱世ならばいざ知らず、太平の世に斯様な働き口がございますかな」

「たとえば御目付の鳥居耀蔵……なんてのはどうだい」

「さて、いかがでありましょう」

とぼけて返答する間も、三村は油断なく身構えている。さしもの幸内も付け入る隙を見出せず、睨み合うばかりであった。

そこに息せき切って、加勢の面々が駆けつけてきた。廻方の同心たちである。

「お引き取りなされ、宇野様！」

先頭に立っているのは堀口貞五郎だ。

今日から見習いになったばかりの若輩が大きな顔でいられるのは、筆頭同心の子息だからである。先程は散々にやり込められた堀口も、廻方同心の中では最高位なのだ。

自分が顔を出せばまた罵倒され、配下の面前で恥を掻くことになってしまうので、息子を代わりに立てて皆を煽動《せんどう》させ、幸内を追い返さんと目論んだのだ。

「お引き取りなされっ！」

「お引き取りなされ!!」

若い同心たちは貞五郎に続いて、口々に言い立てる。

同じ釜の飯を喰った、世代の近い者は誰もいない。

彼らは幸内のことを、敬意を払う必要など皆無の、隠居した元与力としか見なしていないのだ。

現役の頃に幸内が薫陶《くんとう》してやった古株の面々は、拘わるのを避けるかのように廊下の向こうの用部屋で沈黙している。上座で堀口が目を光らせており、こちらを庇《かば》おうにも動けないのだ。

進退窮まった幸内の姿を見ながら、堀口はほくそ笑んでいた。

「隠居じじぃめ……」

先程、厳しい吟味をされたことなど、どこ吹く風である。ふてぶてしい面持ちからは、仁杉五郎左衛門に庇ってもらったことを感謝している様子もまったく感じ取れはしなかった。

十四

その夜、下谷二長町の矢部邸に、悪しき一味が集まった。

「それは難儀《なんぎ》であったのう、堀口」

「ご心配をおかけし、恐縮に存じまする」

矢部の酌を受けながら、堀口は下卑た笑みを浮かべてみせる。

お目付役として本日から出仕していた三村右近は何も言わず、下座に並んだ貞五郎と杯を酌み交わしていた。

「しかし、あの鬼仏を相手に大した貫禄だったなぁ、三村さん」

「いや、大したことはない……」

若造の貞五郎からなれなれしく肩を叩かれても、三村は微笑むばかりであった。

同心として南町に潜入した上は、鳥居子飼いの密偵だったことは伏せておかなくてはならない。その旨は、父親の堀口にも念を押してあった。

そこに鳥居耀蔵が遅れて入ってきた。

その同行者の顔を見たとたん、堀口が驚いた声を上げた。

「高木《たかぎ》……？」

堀口と同じ、着流しに巻羽織の同心姿で現れた男は、高木平次兵衛《へいじひょうえ》。南町奉行所で物書役を務める人物だ。能書家《のうしょか》らしく線の細い、それでいて物欲しそうな目付きをした男であった。

堀口の証言を裏付けるため、鳥居は新たな手駒を確保してきたのである。

「よろしいですかな、御一同」

矢部の脇に座した鳥居は、二通の書き付けを皆の前に拡げて見せた。

一通は鳥居が私的に取り交わしたという、南町奉行の筒井による時候の挨拶。

そしてもう一通は高木が精巧に模写した、偽の書状であった。

「見事な筆跡《て》だのう……」

矢部ならずとも、感心せずにはいられぬ出来だった。

鳥居は筆の立つ高木に命じ、筒井が御救米買い付けにおける仁杉五郎左衛門の独断を許した内容の文書をでっち上げさせたのだ。

鳥居は筒井を失脚させる決め手として、その監督不行届きを白日の下に晒すことを企図していた。

本来ならば米どころの越後ですべて現地買い付けするはずだったのを安い地廻米《じまわりまい》(年貢として江戸に回送される米)で補い、そこで生じた差益により帳尻を合わせた件など、事実は枚挙に遑《いとま》がない。

しかし、一連の行為だけを取り沙汰しても、失脚させる決定打には成り得ない。陥れたいのが仁杉五郎左衛門のみであれば独断専行の罪を問い、与力職を剝奪《はくだつ》して投獄するのも容易い。しかし、それでは蜥蜴《とかげ》の尻尾切りに過ぎず、筒井は部下が勝手にやったと主張して言い逃れることができてしまう。

たしかに五郎左衛門も邪魔な存在には違いないが、標的はあくまで奉行の筒井である。与力一人を葬り去っても、肝心の奉行が現職のままでは話にならぬのだ。

そこで、鳥居は物書役同心の高木を買収したのである。

物書役を味方に取り込めば、不正を裏付ける文書など幾らでも偽造できる。もとより奉行所では筒井直筆の文書と接する機会も日常茶飯事であり、筆跡を真似させるのは容易なことだった。

「大儀であった」

一同が感心する様を確かめ、鳥居は高木の前に紙包みを差し出す。くるまれていたのは小判ではなく、板金が二枚きりであった。

「たったこれだけにございますのか、御目付様……」

「紙切れ一枚には妥当な値《あたい》であろう？」

口にしかけた文句を皆まで言わせず、鳥居はじっと高木を見返す。

「あ、有難く頂戴いたしまする」

慌てて引き下がる高木を尻目に、鳥居は冷たい笑みを浮かべていた。

堀口を生き証人とし、偽文書を以て裏付けとする。ここまでして訴え出れば、公儀も無視はできるまい。

矢部が単独で事を起こしたところで効果は薄いであろうが、老中首座のお気に入りである鳥居が後見すれば、自ずと説得力も増してくる。

五年前の御救米買い付けを巡る一件は今や、白日の下に晒される寸前まできていたのであった。


その夜のうちに、宇野幸内は八丁堀へ走った。

そして、単独で矢部の屋敷を密かに張り込み、悪しき一味の密談を盗み聞いたのである。

鳥居耀蔵の恐るべき企みを知った幸内は、再び夜の闇を駆け抜けた。

向かう先は仁杉五郎左衛門の組屋敷である。一刻も早く危機を知らせねばなるまいと判断したのだ。

しかし、息を切らせて駆けつけた幸内の警告も、功を奏するには至らなかった。

「おぬしの気持ちは有難い。されど、もはや構《かも》うてくれるな」

「何を呑気なこと言ってんだい、仁杉っ!?」

「私は信じたいのだ。堀口も、高木もな……」

五郎左衛門の態度は、一貫して変わらなかった。

あくまで配下を信じ抜き、堀口の真意を追及するまいと決意している。

鳥居が金ずくで味方に付けたに違いない高木のことも、まずは信じることから入る信条を以て、以前と変わらずに接していくつもりでいるらしい。

その志《こころざし》は見上げたものだが、世の中には誠意が通じない輩も数多いという自明の理が、五郎左衛門には理解できていない。

人の信頼を利用し、突如として裏切ることを恥とも思わぬ卑劣な者共と職務を通じて長年接してきていながら、配下の二人は違うと判じているのである。

幸内から見れば、危うい限りの判断であった。

「あの二人を早いとこ捕らえるんだ！　このまま放っといたら、取り返しのつかねぇことになっちまうぜ!!」

「夜も遅いのだ。済まぬが、引き取ってくれい……」

懸命の訴えも空しく、仁杉五郎左衛門の組屋敷の門は閉じられた。
深夜の門前に取り残された幸内は為《な》す術《すべ》もなく、ただ暗澹《あんたん》とした表情で立ち尽くすばかりであった。

そして、天保十二年四月二十八日（陽暦六月十七日）。
筒井伊賀守政憲は公儀の沙汰により、南町奉行を解任された。
後釜に座ったのは小普請支配の矢部駿河守定謙である。
官名も新たに、満を持しての就任であった。

第三話　悪しき謀計

一

矢部駿河守定謙の南町奉行就任に伴い、仁杉五郎左衛門は冷遇の憂《う》き目を見た。

役職こそ以前のままだが、実務をすべて牛耳られてしまっている。

年番方与力は町奉行所の与力二十五騎と同心百五十人を代表し、古参の生き字引として奉行に指導をする立場だ。

にも拘わらず、矢部は五郎左衛門の存在を軽《かろ》んじて憚《はばか》らない。抱えの家士から選抜した十名を秘書官に相当する内与力《うちよりき》に任じ、年番方与力に頼ることなく、てきぱきと職務をこなしている。

もとより、矢部は経験豊富な人物である。火付盗賊改の長官職を経て、堺と大坂で町奉行を務めてきただけに、刑事と民事のいずれにも詳しい。

矢部は経済政策においても卓見の持ち主だった。

大御所の徳川家斉公が薨《こう》じたのを幸いとばかりに老中首座の水野越前守忠邦が奢侈

の禁制を徹底し、諸悪の根源と決めつけた株仲間の廃止を主張した際にも、特権を許さずして商人の志気が上がることは期待できず、締めつけを強化すれば更なる物価の高騰を招くのみと論じて、真っ向から反対の意を示したものだ。

かねてより、老中首座とは犬猿の仲である。

南町奉行として発言権を得た上は遠慮をせず、理想ばかり先走った水野忠邦の政策の矛盾点をびしびし突くことを恐れない。まことに剛胆だったと言えよう。

奉行職は矢部に合っていた。

かつて自棄酒に耽っていた頃とは別人の如く生き生きとなり、朝から登城して午後より奉行所に詰める、日々の激務に精勤している。

そんな矢部に永らく仕えてきた家士たちも、内与力として町奉行の役目を補佐するのに慣れており、いちいち五郎左衛門にお伺いを立てるまでもなかった。

かかる働きぶりを目の当たりにした南町の面々は、矢部の人物はどうあれ、町奉行としては先任の筒井にも劣らぬ能吏《のうり》と認めざるを得なかった。

奉行が解任されるたびに入れ替わるのは内与力と中番《なかばん》の小者のみで、一般の与力と同心に異動はない。役目を代々務めて経験を積んできた彼らの存在なくしては、奉行所の業務は円滑に行われないからだ。

往々にして新任の奉行は江戸市中の刑事にも民事にも不慣れであり、熟練した配下の与力に最初のうちは依存しなくてはならない。かつて着任したばかりの筒井伊賀守を宇野幸内と仁杉五郎左衛門が支える必要があったのも、そういうことなのだ。幸内と五郎左衛門が他の与力と違っていたのは、恩を売って自らの出世のきっかけにするためではなく、純粋に奉行を盛り立て、名奉行となってもらいたい一念でなしたということだった。

しかし、万事に手慣れた矢部の采配は申し分なく、南町の面々はその実力を早々に認めるに至った。

奉行が有能となれば、世話をして恩を売る余地はない。逆にこちらから気に入られるようにしなくてはと、早々に媚《こび》を売り始める者も少なくなかった。

とりわけ張り切ったのが、廻方筆頭同心の堀口六左衛門である。

北町のみならず火盗改まで向こうに回し、犯罪検挙率の向上を図ると宣言した矢部の意に添うべく、配下の同心衆に檄《げき》を飛ばして市中の探索強化に乗り出したのだ。

検挙率の向上を目指す南町奉行所の廻方が躍進したのは、見習い同心の三村右近の活躍に負うところが大きかった。

三村は出仕し始めたばかりの身とは思えぬほど、大江戸八百八町の隅々に至るまで知り抜いていた。指導役の先輩同心も顔負けの地理感覚を備えているのみならず、探索の勘と捕物の腕も卓抜したもので、北町と火盗改を出し抜いて、幾人もの犯罪者を御用鞭《ごようべん》（逮捕）にしてのけたのである。

同じ廻方の古株たちにしてみれば面白からざる話であったが、筆頭同心の堀口が目を掛けているとなれば文句もつけられない。それに腕利き一人が成績を上げてくれれば、部署全体の評価が向上するのだから、三村のことは大事にしたほうがよい。

かくして廻方の面々は三村の卓抜した能力に依存し、その行きすぎた捕物に進んで協力するようになっていった。


「ぎゃっ！」

深夜の町中に、断末魔《だんまつま》の悲鳴が上がる。

盗っ人一味が犯行に及ばんとする現場に急行するや、三村は問答無用で抜き打ちの一刀を浴びせたのである。

黒装束の男が続けざまに斬り倒され、連日の雨でぬかるんだ地べたに倒れ伏す。

急報を受けた高田俊平と政吉が駆けつけたときにはすでに遅く、狙われた大店の前の路上は死屍累々《ししるいるい》の様相を呈《てい》していた。

「な、何をしておるかっ」

「刃向《はむ》うて参ったのを斬り捨てて、何が悪い」

食ってかかった俊平に冷笑を返しつつ、三村は刀身の血を拭う。

亡骸《なきがら》から頬被りを剝ぎ取って用い、べっとりと朱《あけ》に染まったのを路上に放る。

同行した南町奉行所の小者は、何も言わずに後を片付ける。亡骸のほうも戸板に載せられ、粛々《しゅくしゅく》と運ばれていった。

集団で刃向かってきたため、やむなく斬るに及んだと説明をつけて速やかに事件を処理し、南町の手柄にするつもりなのだ。

点数稼ぎにしても、程があろう。

殺されたのは盗っ人といっても、狙いをつけた商家に押し込んで皆殺しを働くような手合いではない。常に一滴の血も流すことなく目的を遂げ、盗んだ金の一部を庶民に施して廻る義賊の一味であった。

もとより、物騒な刃物など所持していない。

むろん町奉行所として看過《かんか》できる手合いではないが、未遂に終わった犯罪者を捕らえて裁きに掛けることもせずにまとめて斬殺するとは、余りにも荒っぽすぎる。斬り捨て御免の火盗改でも、ここまで性急な真似はするまい。

「おぬし、それで町方のつもりか!?」

俊平ならずとも、文句をつけるのは当然だろう。

こちらが月番のときに手柄を奪われたことなどは、どうでもよい。刑吏として守るべき枠から逸脱した断罪ぶりを、面と向かって咎めずにはいられなかった。

しかし、当の三村はまったく聞く耳を持たない。

「文句があるならば、そちらの奉行を通して言うて参れ」

「く……」

悔しげに押し黙る俊平を、三村は勝ち誇ったように見返した。

北町の一同心から何を言われたところで、こちらには矢部が付いている。

矢部は検挙率を上げることこそが正義と標榜し、北町奉行の遠山から城中で苦言を呈されても意に介さずにいる。

文句のつけようのない能吏であり、老中首座の権威も恐れず政策に口を挟んでくる強気な矢部は、遠山でも手に余る強敵なのだ。

このように北町を物ともせぬ一方で、矢部はかつて同じ御先手組の仲間であった火付盗賊改の長官にも気を遣わず、市中の犯罪者に対して苛烈きわまる取り締まりを断行していた。

北町も火盗改も、常に出し抜かれていては強いことが言えない。

行きすぎたやり方には違いないが、市中の犯罪が減ったのは事実であり、結果として江戸の治安が守られているのは確かだからだ。

三村右近が鳥居耀蔵配下の随一の密偵として、市中の探索のみならず、鳥居にとって都合の悪い政敵や生き証人を葬り去る暗殺にも従事していたのは、同じ南町の同心衆も知らぬことである。その恐るべき素性を知るのは鳥居本人と、探索と暗殺の玄人《くろうと》と承知の上で同心に登用した矢部の二人のみだった。

二

大川は雨に煙っていた。

黄八丈《きはちじょう》の裾をはしょった俊平は番傘を傾け、押し黙ったままでいる。

後に続く政吉は菅笠《すげがさ》を被り、大きな体に蓑《みの》を着込んでいた。

すでに五月も半ばである。陽暦ならば六月の末であり、まだ梅雨は明けていない。

新大橋を渡っていく二人の顔色は冴えない。

とりわけ俊平は元気がなかった。

かつて若同心だった頃の無鉄砲ぶりを知る者の目には、奇異に映ることだろう。

雨続きの毎日にうんざりする気持ちよりも、南町の無法な取り締まりを止めることもできずにいるわが身の無力さを倦《う》む想いのほうが、今は勝っていた。

「畏《おそ》れながら筆頭同心の堀口殿は凡庸《ぼんよう》な御仁《ごじん》のはず……何故に、水も漏らさぬ手配が毎度《まいたび》叶うのか不思議でなりませぬ」

「お前さんの言う通りだよ、若いの」

隠居所を訪ねてきた俊平から疑問を呈され、宇野幸内は迷わず言った。

かつて同じ釜の飯を喰った仲間である堀口のことを、もはや庇《かば》おうともしない。

「あいつが指揮を執っていて、できる芸当じゃあるめぇ……こいつぁ、あの見習いが怪しいぜ」

「三村右近にございまするか？」

「奉行所内で一度会っただけだが、ありゃ只者《ただもの》じゃねぇ」

俊平に答える幸内の口調は、揺るぎない確信を帯びていた。

「それにしてもよぉ、若いの。このまんまじゃ、罪滅ぼしがしてぇって御上《おかみ》に慈悲を乞《こ》うてくる者も直《じき》にいなくなっちまうぜ。いいのかい？」

「よ、よいはずはありませぬ」

幸内の指摘は正鵠《せいこく》を射たものだった。

犯罪者とは、断罪するばかりが能ではない。

吟味の上で更生の余地なき輩と判れば極刑の裁きを下すのもやむを得まいが、改悛の情さえあれば立ち直らせるために力を尽くすのが刑吏の務めである。

そうやって更生させた犯罪者を密偵に登用し、かつて裏の世界に身を置いていたのを生かして探索御用に従事させるのは、正規の人員だけでは江戸市中全域を警戒することのできない奉行所にも火盗改にも必要なことであった。

しかし、最近の南町は、犯罪者を狩り尽くすのに血道を上げている。

更生させた後に密偵として使役するかどうかは別としても、悪と見なせば無差別に斬殺するのは無法な行いとしか言えまい。

「人を人と思わねぇ真似をしやがって、許せるもんじゃねぇやな」

ぼやく幸内を、憐と政吉も悲痛な面持ちで見やっている。

幸内は北町の遠山と密かに図り、俊平と共に江戸市中を巡っては、南町に見つかる前に犯罪者を捕まえて保護することを行っていたが、所詮は焼け石に水だった。

三

三村右近を擁《よう》する南町の廻方は、市中の犯罪者たちを恐怖させた。

このままでは殺されるのを待つばかりである。命あっての物種と尻に帆を掛け、江戸から逃げ出していく悪党も多かった。

これは必ずしも喜ばしい事態ではない。

江戸市中で荒稼ぎすることができなくなった悪党は、御府外の地——関八州《かんはっしゅう》に活路を求めるのが常だからだ。

天領《てんりょう》（幕府の直轄領《ちょっかつりょう》）と大名領、さらには直参旗本の所領や寺社領までもが複雑に入り組んでいる関八州では境界線が曖昧であり、たとえ罪を犯しても近接する他領へ逃げ込めば、後を追ってきた役人は手が出せない。

領地ごとに異なる所轄《しょかつ》の警察機関に手続きを取り、越境捜査を行う段取りがついたときには、もう逃げられてしまっているという例が後を絶たなかった。

かかる事態に対処するため、公儀は三十七年前の文化二年（一八〇四）六月に勘定奉行配下の特別警察として関東取締出役《でやく》、いわゆる八州廻《まわり》を設けていたが、その機動力を以てしても追跡しきれぬほど、関八州の治安は悪化の一途を辿っている。江戸の治安の改善が近隣の村落を脅かすとは、誠に皮肉な話だった。

だが、南町奉行所の廻方を束ねる堀口六左衛門は、点数稼ぎが引き起こした事態に対する自責の念など、まったく抱いていない。以前とは別人の如く変貌し、いつも偉そうに顎を上げて江戸市中をのし歩いている。

そんな高慢な態度は、奉行所内においても変わらなかった。

「時流は変わったのですぞ、仁杉様。余計なお節介はやめてくだされ」

苦言を呈そうとした仁杉五郎左衛門に、堀口は堂々と言ってのける。

「うぬは何を申すか！」

その場に来合わせた一人の同心が代わりに喰ってかかろうとした。中年ながら能《よ》く鍛えられた、がっしりとした体格の持ち主である。

「よせ、佐久間っ」

「お止めくださいますな、仁杉様！」

佐久間と呼ばれた同心は、羽交い締めにした五郎左衛門の制止を懸命に振り切ろうとする。黒目がちの双眸に怒りを漲《みなぎ》らせ、悔し涙まで滴《したた》らせていた。

佐久間伝蔵は吟味方の下役である。かつては堀口と共に年番方の下役を務め、仁杉五郎左衛門の直属の配下として精勤した同士だった。米不足に苦しむ江戸の民のために三人揃って力を尽くし、気持ちのいい汗を流した間柄のはずである。

ところが今の堀口は臆面もなく矢部に媚を売り、尊敬すべき上役に大きな顔をして憚りもしない。

「恥を知れ、うぬっ」

怒りの言葉を浴びせても、対する堀口は平然としていた。

「無礼であるぞ、佐久間」

「何ぃ」

「吟味方とは申せど、おぬしは下役の身。筆頭同心に楯突くとは笑止であろう」

「おのれ……！」

激昂する佐久間に構わず、堀口は悠然と踵《きびす》を返す。

「ま、待て!!」

「よせ、佐久間っ」

思わず帯前の脇差に手を伸ばそうとするのを、五郎左衛門は必死で押し止《とど》める。

奉行所内で刃傷《にんじょう》に及べば御役御免になるのはむろんのこと、当人も詰め腹を切らされるのは必定である。

自分に無垢《むく》な敬意を寄せてやまない佐久間を、無駄死にさせるわけにはいかなかった。

「お離しくだされ、仁杉様っ」

「堪《こら》えよ……」

羽交い締めにした腕に、五郎左衛門は一層の力を込める。

騒ぎを聞きつけた年番方の同心たちも忸怩《じくじ》たる面持ちのまま、暴れる佐久間を見ているより他になかった。

南町のすべての同心が矢部に媚を売り、出世の亡者と化したわけではない。

少なくとも仁杉五郎左衛門と共に働く年番方の面々は、あくまで人を信じ抜くことを旨とする上役の真摯《しんし》きわまりない姿勢を尊崇《そんすう》し、裏切るまいと心に決めていた。

しかし、奉行の矢部は年番方与力の存在を軽んじてやまず、堀口の如く出世欲に取り憑《つ》かれた輩を味方に付けている。二十五騎の与力と百五十名の同心の過半数は、すでに悪しき奉行の一派に取り込まれていたのだった。

夜も更けた八丁堀の組屋敷から、巻藁《まきわら》を斬る音が絶え間なく聞こえてくる。

自宅の庭で抜き身を振るっていたのは佐久間伝蔵だった。

月は明けて、今日は六月一日（陽暦七月十八日）である。

長かった梅雨もようやく終わり、地面は乾いているので、こうして素足で降り立っても足を取られることはなかった。

新月の候《こう》となれば、月明かりも射さない。

漆黒の闇に篝火《かがりび》を灯《とも》し、自作の斬り台を庭に据え付けた佐久間は日課の試し斬りに取り組んでいた。

諸肌《もろはだ》を脱ぎ、引き締まった上半身を剝き出しにしている。

日頃から佐久間は出入りの畳屋に頼み、諸方で張り替えて不用になった畳表《たたみおもて》を貰い受けて、試し斬り用の巻藁を作り置きしていた。

いつも家人が入浴を終えた後の湯船に浸《つ》けて一晩置き、翌日の夕刻に勤めを終えて帰宅したら、すぐ取り組めるように支度をさせておくのが常だった。

古くなった畳表の埃《ほこり》をはたき落とし、荒縄で巻いて作る巻藁は、ぬるま湯に浸《ひた》して一昼夜置くことによって適度に柔らかくなり、斬りやすい状態となるのだ。

二十年来の日課なので、ふだんは妻女も奉公人たちも気にも留めない。

されど、今宵の試し斬りは熱が入りすぎていた。

「ヤーッ！」

いつもは試刀術《しとう》の作法通り、声を発することなく淡々と行うのに、どうしたことか気合いも高らかに刀を打ち込む。常になく感情が高まっている証左《しょうさ》だ。

「エーィ!!」

五本の巻藁を余さず試しても満足せずに斬り飛ばしたのを拾い集め、まとめて重ね置いた上から真っ向斬りを見舞っていく。大した熱の入りようであった。

「ご近所に聞こえまするよ、貴方《あなた》……」

妻のかねが縁側から何を言っても、聞く耳を持たない。

何物かに憑《つ》かれたかの如く、一心不乱に刀を振るい続ける。

台に立てた巻藁を袈裟《けさ》斬りにするのと違って、横置きにしての重ね斬りは難易度が高い。二十年来の稽古で手の内《うち》——刀を操る十指の握り込み加減を完璧に錬《ね》り上げた佐久間なればこそ可能な技だった。

それにしても、切れ味が鋭すぎる。

持ち前の技倆《ぎりょう》に度し難い怒りが加わり、かつてない刀勢《とうせい》を発揮しているのだ。

用いる得物《えもの》も、常とは異なるものである。

ふだん差しの大刀と中身を差し替えたのは、江戸開府から間もない慶安《けいあん》年間（一六四八〜五二）に切れ味鋭い利刀《りとう》の作り手として知られた、大和守安定《やまとのかみやすさだ》の作である。見習いの若同心となって南町への出仕が決まったとき、首打ち役を命じられた折にのみ用いよと、亡き父から譲られた一振りだ。

打ち振るう合間に丁字油《ちょうじあぶら》を含ませた布で刀身を拭き、荒砥《あらと》のかけらで刃部《じんぶ》を擦《こす》って、切れ味を鈍らせぬようにするのも忘れない。

そうやって切れ端まで一つのこらず寸断しておきながら、佐久間はまだ稽古が足りないらしかった。

「これでは……これでは斬れぬわ……」

何やら訳の判らぬことまで、しきりに口走っている。

そのうちに首を振りながら、佐久間は縁側に上がってきた。足の裏を拭かぬばかりか、かねの前を素通りしても気づかぬ様子である。

「あ、貴方？」

はらはらしていた妻女のかねが、思わず目を見張る。

佐久間は納戸に保管されていた、乾いたままの巻藁を庭へ担ぎ出し始めたのだ。

巻藁は、十分に水気を含ませなくては斬りにくい。それも表面にざっとぶっかけた程度では意味がなく、じっくり一昼夜は浸けておかなくてはならない。

斬り足りぬ佐久間はそんな手間すら惜しみ、乾いた巻藁に刃を打ち込もうとしているのである。

しかし、湿ったものを斬るのとは勝手が違う。

最初の一本は表面を削《そ》ぎ、細かい藁屑《わらくず》を辺りに撒き散らすばかりだった。どれほど勢い込んで打ち込んでも、一向に刃が深くは食い込まない。

斬り台に立てた二本目を、佐久間は無言で注視する。

先程までの昂《たか》ぶった態度は鳴りをひそめ、じっと目の前の巻藁を見据えている。

次の瞬間、かねは瞠目《どうもく》した。

白刃《はくじん》を一閃させるや、佐久間は今まで乾いた表面を削ぐばかりだった巻藁を、ものの見事に断ち斬っていたのだ。

一度こつを覚えてしまえば、後は同じことの繰り返しだった。

三本、四本と巻藁が消費されていく。

切れ端を重ね置いての真っ向斬りがまた一苦労の様子であったが、濡らした巻藁と同様に寸断できるようになるまで、佐久間は休もうとはしなかった。

「……」

世話を焼くのを諦め、かねは下がっていった。

佐久間の私室には夜食の膳を運び入れ、火鉢には炭さえ熾せばすぐに湯が沸くように支度を調えてある。何時に就寝するのか定かでないが、自他共に時間を守るのに厳しい夫が、明朝の出仕に遅れることはないだろうと見なしていた。

鋭い刃音は絶えることなく聞こえてくる。

今宵の稽古は常にない、真実《まこと》に鬼気迫るものだった。

四

渾身の稽古を終えた佐久間が大和守安定の一刀を入念に手入れし、かねが用意した菜《おかず》には箸も付けず、湯漬け一杯のみを食して眠りに就いた頃。

同じ八丁堀にある堀口家の組屋敷に、三村右近がやって来た。

月代を広く剃った小銀杏髷も、着流しに巻羽織の小粋な装いも、今やすっかり板についている。

変わらぬのは六尺近い長身から漂い出る、不気味な雰囲気のみだった。

「斯様な時分に何用か、貴公?」

玄関に出てきたとき、堀口六左衛門は寝間着姿の全身から脂粉《しふん》の匂いをぷんぷん漂わせていた。

もとより、老いた妻女を相手にしていたわけではない。

金回りがすっかり良くなった堀口が老妻を省みず、年若い妾を引っ張り込んでよろしくやっていることは、三村も承知の上である。自分の娘を矢部に売っておきながら、呆れた話であった。

「お盛んだの」

「放っておいてもらおう」

口から漂い出る寝酒の香りも、以前の中汲《なかぐみ》（濁り酒）とは違う。

矢部から検挙率向上の褒賞金が下賜《かし》されるようになり、上質の諸白《もろはく》（清酒）を常飲することが叶うようになって久しい。

金まみれの暮らしに、この男は耽溺《たんでき》しきっている。さしたる欲を持たず、人を斬ることにしか興味のない三村から見れば俗物の極みである。

されど、堀口の爛《ただ》れた私生活に苦言を呈するつもりはない。

今宵は表向きとはいえ上役である堀口の身の安全を図ってやるため、深夜の訪問に及んだだけだった。

「時におぬし、明日は出仕せぬほうがよいぞ」

「何と申される？」

寝起きで不機嫌そうにしていても、堀口の口調は丁重だった。奉行所を一歩出れば対等の間柄――いや、鳥居の息が掛かっている三村のほうが格上だからだ。

「その身に危険が及ぶ故、気をつけよと言うておる……」

当の三村は上役に接しているとは思えぬ、ぞんざいな口ぶりである。あくまで仮の上下関係にすぎぬと思えばこその態度だ。

それでも、無下に見殺しにするつもりはないらしい。

三村がもたらしたのは張り込みに基づく、確かな情報だった。

「佐久間の様子がおかしいぞ」

「佐久間……」

「左様。吟味方下役を務めおる、おぬしが無二の朋輩《ほうばい》よ」

「よしてもらおう。斯様な堅物がどうしようと、儂の知ったことではござらぬ」

嫌味を言われ、堀口は鬱陶《うっとう》しそうに手を打ち振る。

過日に奉行所内で食ってかかられたことを、まだ根に持っているらしかった。

「やれやれ」

そんな様を可笑《おか》しそうに見返しつつ、三村はうそぶく。

「面白くもなき相手であろうが、話は最後まで聞いておいたほうがよかろうな」

「……何か」

「つい今し方まで、佐久間は斬り試しの稽古をしておった」

「それはいつものことにござろう」

堀口は興味なさげに、気怠い口調で答えた。

「あやつは若同心の頃に御様御用《おためしごよう》の山田《やまだ》様より目を掛けられて、様剣術の手ほどきを受けておった身。爾来《じらい》、巻藁斬りを日課にしておるのは八丁堀中が承知の上ぞ」

「そのぐらいは儂も存じておる。常とは様子が違う故、わざわざおぬしへ注進をしに参ったのだ」

「様子が違うとは？」

「まぁ、黙って聞け」

訳が判らぬ様子の堀口に、三村は淡々と言った。

「あやつが今宵に試みておったのは、只の試し斬りには非《あら》ず。常の場にて生きた者を斬るための業前《わざまえ》を錬ることじゃ」

「え……」

「おぬしは知らぬであろうが、巻藁は水気を含ませれば容易く斬れるものだ。されど佐久間はそうするのみにとどまらず、乾いたまま断ち斬ることに執心しておった」

「なぜ、斯様な真似を」

「判らぬか。着衣の上から存分に斬り込むためよ。たとえ薄物であろうと、衣《ころも》には刃を防ぐ効能があるからの。まして我らの如く、夏場であろうと羽織を重ねておれば尚のことじゃ」

三村は確信を込めて、言葉を続けた。

「もとより、あやつは首斬り浅右衛門《あさえもん》と親しき仲。生身を斬る感触を思い出すだけのためならば山田屋敷まで出向き、罪人の亡骸を試させてもらえば済む話ぞ。それを敢えてせず、乾いた巻藁を相手にするは存念あってのことに相違あるまい。裸に剝いた亡骸を幾ら切り刻んだところで、着衣の上からとなれば勝手が違うからのう」

三村の話は説得力のあるものだった。

悪党狩りの尖兵《せんぺい》として動き出す以前から、三村は鳥居の意を汲んで人斬りを働いてきた立場である。当然、生身の人間を相手に刀を振るう術を心得ている。その三村が佐久間の行動の真意を見抜き、注意を与えてくれているのだ。

「貴公、な、何故に儂に知らせに参られたのか」

戸惑う堀口に、三村はさらりと問い返す。

「おぬし、先だって佐久間を軽くあしらっておったそうだの」

「そ、それはあやつが……」

「佐久間にしてみれば、おぬしが仁杉に対し、上役とも思わぬ素振りを示したのが腹に据えかねておるはずぞ。よくも、その場にて抜かずに耐えたものだな」

「……」

黙り込んだ堀口を前にして、三村は断じる。

「あやつが斬らんと欲する相手は、おぬしをおいて他にはあるまい」

「ひっ」

　思わず堀口は悲鳴を上げた。

　佐久間伝蔵が自分よりも遙かに腕利きなのは、共に見習い同心だった若年の頃から重々思い知っている。試し斬りもさることながら捕物術の腕も立ち、なぜ廻方に抜擢されぬのかと、奉行所内で噂になっているほどだった。

　堀口にしてみれば、御救米買い付けの一件は封印してしまいたい過去である。

　その過去を知る佐久間と机を並べ、もしも自分が裏切ったと気づかれて内部告発をされてはかなわない。なればこそ廻方筆頭同心の権限を以て、今日に至るまで受け入れを断固として拒否し続けてきた。

　しかし、愚直な男ほど思い詰めれば何をしでかすか判らない。まして佐久間は人を斬る技倆を備えている。証拠を揃えて告発するまでもなく、その気になれば、容易く堀口を誅《ちゅう》することができるのだ。

　怒りで後先を見失ったときは、真っ先にこちらへ刃を向けてくるに違いない。

「た、助けてくれい」

「そう願うならば、委細任せることだの」

　恥も外聞もなくしがみつこうとする堀口に、三村はやんわりと説き聞かせた。

「あやつが事を起こすとすれば十中八九、奉行所内であろう」

「何故、斯様に判じられるか？」

「一命を賭して事を成すからには、人目に立たねば意味がないからの」

「儂を斬り、皆にお奉行との繋がりを訴えると申すのか」

「おぬしのみには非ず」

三村は無表情のまま、淡々と言葉を続ける。

「同じく事に加担せし高木平次兵衛、そして貞五郎も同罪と見なしておろう」

「さ、貞五郎まで？」

「事実、おぬしら父子は同罪だからの」

「……」

「これはお奉行の気前の良さが災いしたと申すべきだろうが、先に筒井伊賀守が失脚せし後におぬしと貞五郎、そして高木は露骨《ろこつ》に重く用いられる次第となった。何故の仕儀《しぎ》なのか、少々勘を働かせれば察しもつこう」

「て、手証は何もないはずぞ」

「その通り。おぬしら父子はもとより高木にも落ち度はない。しかし自らも死に行くことを覚悟せし者には、証拠など不用であろう」

「されば、佐久間は問答無用で……」

「おぬしら三人を斬ってしまえば死人に口なし。まとめて誅した上で伊賀守を陥れし裏切り者であると声高に訴えれば、皆も耳を傾けるであろう」

「されど、あやつとて無事では済むまい」

「佐久間は欲の薄き男だ。願いし事さえ成し遂げれば本望という手合いぞ……おぬしと違《ちご》うて、な」

「く……」

堀口は言い返すことができなかった。

たしかに佐久間は自分と違って、若い頃から無欲な質だった。

命じられた職務を忠実にこなし、袖の下など取ろうとも考えない。なればこそ仁杉五郎左衛門も目を掛け、御救米の買い付けにも従事させたのだ。

そんな五郎左衛門を佐久間も慕い、無二の上役と仰いでやまずにいる。

どうやら堀口は、思わぬ伏兵を見逃していたらしかった。

あの佐久間伝蔵こそ矢部と鳥居に頼み、早く始末しておくべき存在だったのだ。

しかし、今になって気づいたところで、もう遅い。

縋る相手は目の前の、三村右近しかいなかった。

「何とかしてくだされ、三村殿」

「案じるには及ばぬ。明日は病を装うて、大人しくしておることじゃ」

泣きつく堀口に対する答えは、自信に満ちたものだった。

「か、忝ない」

ほっと安堵の吐息を漏らした刹那、堀口の耳朶を思いがけぬ一言が打つ。

「おぬしの身代わりに、貞五郎を差し出せ」

「え？」

「聞こえなんだか。あの馬鹿息子を、盾にせいと言うておるのだ」

「み、三村殿……」

堀口は絶句するしかなかった。

わが子を犠牲にして生き延びろと言われ、惑うのは無理もない。

貞五郎は佐久間伝蔵と同じ、吟味方に配属されている。未だ見習いとはいえ、廻方と並ぶ奉行所の花形である部署に登用されたのだから大したものだった。

しかし、当の貞五郎はその有難みが理解できていない。堀口が悪に魂を売ってまで出世させてやろうと計っているのに、職務は適当にするばかりで覚えも悪く、まるで見込みがなかった。

実の父親がそう思うのだから、赤の他人の三村が容赦ないのも当然だろう。

「遊び回るしか能のなき息子に未練があると申すのか？」

遠慮も何もなく、三村は思い切り嘲《あざけ》りの笑みを浮かべてみせる。

今宵も貞五郎は奉行所の勤めを終えた足で、馴染みの料理茶屋へ直行していた。

むろん、美食を味わいに行ったわけではない。

公儀の奢侈禁制のために吉原遊廓《よしわらゆうかく》も岡場所も締め付けが厳しくなった一方で、市中では素人女を抱えて密かに春を売らせる商いが横行していた。貞五郎が足繁《あししげ》く通っている茶屋も、その手の女たちが相手をしてくれる店である。

「どのみち明烏《あけがらす》が鳴く頃に戻り来て、朝湯を浴びてから出仕に及ぶのであろう。日頃の惚《ほう》けた顔を見ておれば、自ずと察しもつくわ」

「…………」

息子の自堕落《じだらく》ぶりをずばりと言い当てられ、堀口は返す言葉もない。

もとより探索の玄人《くろうと》だけに憶測するばかりでなく後も尾け、貞五郎の不行跡を突き止めてあるに違いなかった。

「腹を括るのだ。おぬしとて、馬鹿息子に金を遺《のこ》してやるために、袖の下やら付け届けを取っておるわけではあるまい？」

「されど……」

「何も迷うには及ばぬであろう。邪魔な尻尾などさっさと切ってしもうて、限りある生を己がために楽しむことじゃ……」

押し黙ったところに、三村は続けてささやく。あるじの鳥居と同様、迷う者に一線を踏み越えさせることに慣れた口調であった。

五

一夜が明け、六月二日（陽暦七月十九日）の朝がきた。

今日も朝から晴天である。

「お早うございまする、父上！」

貞五郎は例によって、明け方に帰宅した。

早朝から営業している湯屋《ゆや》と髪結床に寄ってくるのも毎度のことで、身なりがさっぱりしている。目がとろんとしたままなのを除けば、傍目には立派な同心様だ。

そんな息子に、堀口はわざと億劫そうに告げる。

「どうにも気分が優れぬ。すまぬが、おぬしから届けを出しておいてくれ」

「大事ありませぬのか？」

「午《ひる》まで休んでおれば本復しようぞ。案じるには及ばぬ」

「心得ました。されば、行って参りまする」

請け合うや、貞五郎はすぐに立ち上がる。

出仕していく後ろ姿を、堀口は無言で見送った。

三村の報《しら》せによって危機を察知し、自分は仮病を使って奉行所に遅参するつもりなのだ。

運が強ければ、貞五郎も生き残ることができるであろう。

それに三村が言うように、必ずしも佐久間が貞五郎を斬るとは限らないと、堀口は己に言い聞かせた。

あれから三村に懐柔されて、堀口は完全に腹を括っていた。

これは御救米買い付けの一件を知る佐久間伝蔵を、ひいては仁杉五郎左衛門を自滅させる絶好の折であると、そう三村が主張したからだ。

佐久間が後先考えずに暴走し、奉行所内で刃傷沙汰を引き起こしたとなれば、年番方与力であろうと庇い切れまい。そればかりか、佐久間の起こした狼藉《ろうぜき》に対して、連座して罪に問われる可能性も高かった。

失脚した前奉行の筒井伊賀守は己の管理不行き届きを素直に認め、配下たちに罪はないと主張して辞めていった。

そのおかげで、まだ五郎左衛門に累《るい》は及んでいない。

しかし、ここで佐久間が突っ走ってしまえば、筒井の配慮も無駄になる。

御救米買い付けの役目を共に果たした堀口の命を、なぜ狙ったのか。その真相を問い詰められるのは乱心者扱いされることになる佐久間には非ず、二人の上役だった仁杉五郎左衛門なのだ。

その後は、佐久間が堀口を狙ったのは五年前の御救米の一件に絡んでの遺恨《いこん》に違いないと決めつけ、五郎左衛門を喚問すればよい。さすれば買い付けに際して独断専行し、奉行の筒井を失脚させた諸悪の元凶として、合法的に罪に問うことができる。

二人とも、矢部と鳥居にとっては厄介《やっかい》な生き証人である。堀口のように買収して味方に取り込むことが叶わぬ以上、いずれ始末をつけなくてはならぬ相手だ。

その二人をまとめて排除できれば、もっけの幸いと言えよう。

思い詰めた佐久間は、自分の行動が斯様な結果を招くとは予想すらできていない。

奉行所内で騒ぎを起こし、矢部に盲従するばかりの皆の目を覚まさせることにしか考えが及んでいないと、三村右近は見なしていた。

ならば好き勝手に暴走させ、その上で速やかに口を封じてしまえば、それこそ死人に口なしである。

「これでよいのだ……」

堀口は独り、何かに憑かれたように不気味な笑いを浮かべる。

矢部と結託して金まみれになる快感を知った男は、もはや人の命すらもどうでもいいと考え、己の欲さえ満たせればいい外道に成り果てていたのであった。

佐久間伝蔵は常と変わらず用部屋で筆を執りつつ、独りで焦りを募らせていた。

（遅い……）

すべての与力と同心が出仕に及んでも、堀口六左衛門だけが現れない。

もう昼八つ（午後二時）に近い。そろそろ矢部は城中での務めを終えて、奉行所に戻ってくる頃合いである。

もしも堀口を討ち漏らし、奥へ駆け込まれては手が出せなくなってしまう。奉行の執務場所に刀を引っ提げて乗り込めば、佐久間は慮外者と見なされ、総出で成敗《せいばい》されることになるからだ。何としても、矢部が戻る前に事を起こさねばならない。

堀口が姿を見せぬとなれば、まずは倅《せがれ》の貞五郎と高木平次兵衛を討ち取るべし。両名を誅殺《ちゅうさつ》した上は一室を占拠し、堀口が呼びかけに応じて出てくるまで籠城《ろうじょう》するつもりであった。

もとより正義は自分にある。佐久間はそう確信していた。

単なる思い込みではない。前奉行の筒井伊賀守政憲が罷免される前に堀口六左衛門と貞五郎、そして高木平次兵衛の三人が人目を避けて下谷二長町に赴き、当時はまだ小普請支配だった矢部左近衛将監定謙の屋敷を訪問したことを、佐久間は尾行して確かめてあった。

娘を妾奉公させている堀口が息子のみを伴ったのならば、親兄弟としての私的な訪問とも解釈できるが、赤の他人の高木まで同行するのは不自然である。

何かあると見なした佐久間が高木の身辺を探ったところ、用部屋の手文庫の中から不審な書状の写しが見つかった。筒井と瓜二つの筆跡で記された書状の内容は、五年前の御救米買い付けにおける仁杉五郎左衛門の独断専行を差し許すというものだった。

五年前のお役目に一切関与しなかった高木が所有しているのは不自然な、そもそも書かれてもいないはずの書状である。

というのも五年前、筒井は御救米買い付けの任を果たした五郎左衛門、そして直属の配下だった佐久間と堀口の労をねぎらい、少々行き過ぎた点はすべて水に流し、記録になど残すまいと明言してくれたからだ。

そもそも自分の立場が不利になるような書状を、自ら作成するはずもない。

しかし、矢部の命を受けてでっちあげた偽文書と見なせば、すべて得心がいく。

佐久間自身も以前には矢部に呼び出されて大枚の金を積まれ、御救米の買い付けに際して、五郎左衛門が越権行為に及んだ事実の証言を求められたものだ。

頑として拒絶し続けたので誘いも絶えて久しいが、あるいは堀口が矢部に加担し、筆の立つ高木までが筒井を失脚させるための偽の証拠作りに駆り出されたのではないだろうか。

背後関係の推理こそ辻褄《つじつま》が合っているが、偽文書の写しの他には何の手証もない。

その写しにしても、たとえ佐久間が高木の手文庫から持ち出して公表しようと試みたところで、矢部に握りつぶされてしまうのは目に見えていた。

今や矢部は南町奉行。一同心の立場で逆らえる相手ではない。

残された手段は、もはや実力行使のみである。

怒りを募らせていても、佐久間は誰彼構わず斬ってしまうつもりはなかった。

もしも矢部を手に掛ければ、只の乱心者と断じられて同僚たちから成敗されるのは必定である。

しかし、堀口父子と高木の三人のみ討ち、なぜ刃傷沙汰に及ばねばならなかったのかを釈明すれば、耳を傾ける者も出てくるはずであるし、誰よりも五郎左衛門が放っておくまい。これは巨悪に牛耳られた南町奉行所を救い、敬愛してやまない上役の名誉を取り戻すための粛清《しゅくせい》なのだ。もはや思いとどまるつもりはない。

昨夜の試し斬りで十分に手慣らしした大和守安定を以て、腕に覚えの技を存分に発揮するのみであった。

佩刀は部屋の一角に設けられた、共用の刀架けにまとめて置かれている。

「ちと出て参る……」

同僚たちにさりげなく告げ置き、佐久間は鞘ぐるみの刀を提げて廊下に出た。

暫し廊下で風に吹かれ、昼八つの鐘を聞いたら決行する。

堀口がこのまま現れなければ、手初めに下座で調書を作成中の貞五郎から血祭りに上げる所存だった。

物書役同心の平次兵衛には、貞五郎が呼んでいるので、八つになったら吟味方同心の用部屋まで来るようにと小者を介して声をかけてある。何も知らずに罷《まか》り越した眼前で貞五郎を斬り、間を置かず仕留める段取りであった。

六

「さ……佐久間様」

目の前に切っ先を突きつけられるや、貞五郎は素《す》っ頓狂《とんきょう》な声を上げた。

恐怖するよりも驚きが先に立っていた。

珍しく、真面目に務めに取り組んでいる最中である。如何にふだんは手を抜いていることが多いとはいえ、いきなり抜き身で脅すとはやりすぎであろう。

「ご、ご冗談はおやめくだされ」

「冗談には非ず」

告げる佐久間の顔は、まさに幽鬼の如しである。

「うぬが素《そ》っ首、貰い受けるぞ。恨むならば、父を恨め！」

はっきりした口調で言い渡すや、佐久間はさっと刀を振りかぶる。

居合わせた同心たちが止める間もなく、白刃が一閃された。

「ば……」

馬鹿な――そう口走りかけた刹那、貞五郎は首級《しるし》を打ち落とされていた。文机の前に座したままの姿で、死罪に処された罪人の如く引導《いんどう》を渡されたのだ。

「ひぃっ⁉」

平次兵衛が悲鳴を上げる。ちょうど廊下を渡ってきたところで貞五郎が斬首される瞬間を見せつけられ、腰を抜かさんばかりになっていた。

慌てて逃げ出そうとするが、もはや間に合わない。

「天誅‼」

血濡れた畳を踏んで一気に駆け寄るや、佐久間はずんと袈裟斬りを浴びせる。崩れ落ちた男の襟首《えりくび》を摑んで、用部屋へ引きずり込んだ。

右手に握った血刀の切っ先は油断なく、前方に向けられている。周囲の同心たちがこちらに飛びかかれぬように、牽制する役目を果たしていた。

「各々方《おのおのがた》、出ていただこう」

有無を言わせぬ要求に黙って頷き、吟味方同心の面々はあたふたと廊下へ向かって歩き出す。

共用の刀架に手を伸ばそうとする者は、一人もいなかった。

佐久間伝蔵が廻方にいつ異動になってもおかしくない腕利きだというのは、誰もが承知の上である。

貞五郎の首を一刀の下に落とし、平次兵衛を逃げ出す隙も与えずに斬り倒した技の冴えを見せつけられ、迂闊に手向かいできるはずもあるまい。

思い詰めてはいても、佐久間とて無差別に巻き添えを出すつもりはない。

されど、募る焦りに声を荒らげずにはいられなかった。

「堀口を！　六左衛門を呼べっ!!」

最後の怨敵《おんてき》を誅するまで、刀を納めるつもりはない。自裁《じさい》して果てるのは、三人の首級を並べた上でのことと思い定めている。むろん切腹する前には、仁杉五郎左衛門を裏切った痴《し》れ者どもの罪状を洗いざらいぶちまける所存だった。

たちまち、騒ぎを聞きつけた人々が集まってくる。

その中には廻方の見習い同心、三村右近の姿も見出された。

「ま、待て！」

「無茶をするなっ」

三村が迷わず廊下を駆けていくのに気づくや、同心たちが騒ぎ立てる。

構うことなく、三村は吟味方の用部屋に突入した。

「お気を確かになされませ、佐久間様‼」

三村は大声を上げるや、いきなり佐久間に組みついた。懸命になっているように振る舞いながら、三村は佐久間の関節をがっちりと極めている。これでは刀を振り落とせない。

「おのれ……何とするかっ」

「お静かに、お静かに！」

連呼しながら、三村は部屋の奥へと佐久間を押し込む。

障子は開け放たれたままなので、隅の死角まで誘導する必要があった。

「うぬっ」

必死の抵抗も空しく、大和守安定が畳に転がり落ちる。

刹那、三村は佐久間の帯前に手を伸ばした。

脇差が一挙動で抜き放たれた次の瞬間、どしゅっと鈍い音が響き渡る。

「むぐっ……」

佐久間は喘《あえ》ぐばかりで声を出せず、顎から下を血まみれにしてわななないていた。

三村が喉を突いたのは余計なことを言わせぬと同時に、速効で致命傷を与えるためである。

自害の方法とは、何も切腹だけには限らない。発作的に二人を殺傷し、我に返った瞬間に動転して命を断ったとすれば、喉を突いても不自然ではあるまい。息絶えてしまえば死人に口なし、真相は闇の中である。短慮に走った己を責めての自害として片がつくはずだった。

奉行所内は騒然としていた。

佐久間伝蔵は二人の同僚を道連れに、自らも現場で果ててしまったのである。

下城したばかりの矢部も、年番方の用部屋から駆けつけた仁杉五郎左衛門も、血臭漂う現場を前にして茫然とするばかりだった。

二人が斬られた瞬間は吟味方の同心たちが目撃していたが、凶行に及んだ末に自害した佐久間の最期を看取ったのは三村右近、ただ一人である。

「おぬしの落ち度を咎めはせぬ。さ、ありの儘《まま》を申してみよ」

いきり立つ矢部を押し止め、仁杉五郎左衛門は尋問に乗り出す。

対する三村右近の言い訳は巧妙だった。

「拙者の縛めを振りほどくや、佐久間殿は一瞬のうちに……慌てて組みつきしときはすでに遅く……面目次第もございませぬ」

説得を試みようとしたとたんに喉を刺し、取りすがったものの間に合わなかったと主張すれば、しとどに返り血を浴びていても不審とは見なされないはずだった。

「相違あるまいな？」

「天地神妙に誓いまする、仁杉様」

殊勝に言上《ごんじょう》する三村は、高木平次兵衛の息の根も抜かりなく止めていた。

佐久間を自害の態《てい》で葬り去った直後に抱き起こす振りをし、皆に隠れて脇差を脾腹《ひばら》に突き入れたのだ。出血多量で朦朧《もうろう》とした男は、とどめを刺したのが自分の悪事仲間とは気づかぬままに逝《い》ったのである。

奉行の矢部は冷静に指示を与え、亡骸はすぐさま取り片づけられた。

貞五郎と平次兵衛は各々の組屋敷まで、戸板《いんぺい》ではなく駕籠《かご》で運ばれた。生きた人間として扱うことにより、死人が出た事実を隠蔽したのだ。

「な、何としたことか……」

変わり果てた息子の姿を目の当たりにし、堀口は号泣するばかりであった。

三村から聞かされていたものの、まさか佐久間がそこまで血迷うとは思っておらず、己の読みの甘さを悔いるより他になかったのである。

この南町の惨劇《さんげき》は、程なく北町奉行所の知るところとなった。

かかる非常事態となれば月番も交代し、南町では奉行以下の全員が喪《も》に服さなくてはならない。

高田俊平は新大橋へ走り、宇野幸内に事の次第を急ぎ知らせた。

「佐久間の奴、馬鹿な真似をしやがって！　とんだ死に損じゃねぇか‼」

幸内は毒づきながらも、胸の内で慟哭《どうこく》の声を上げていた。

七

南町の一同心が凶行に走り、同僚二名を殺害して自害するに至った事件は、直《ただ》ちに目付の鳥居耀蔵の知るところとなった。

悪事仲間の矢部駿河守にとって恥になる以上、本来ならば隠蔽工作に協力するのが筋のはずである。しかし、鳥居は協力を拒み、配下の御小人目付衆を送り込んで、現場の徹底捜査を断行させた。

目付とは本来、直参の旗本と御家人の犯罪を取り締まる職である。

御目見得《おめみえ》には非ざるとはいえ、奉行所の与力は旗本、同心は御家人の身分。つまり佐久間伝蔵が引き起こした刃傷沙汰は、目付に捜査権がある。

身内のことだからといって、奉行の矢部が独断で処理することは許されない。

以上が鳥居の言い分だった。

「殺生《せっしょう》であろう、鳥居殿……」

「筋は筋。斯様に心得ていただこう」

抗議する矢部の言葉にも、耳を貸そうとはしない。

奉行職に就けるべく後押ししていた頃とは違う冷ややかな口調で宣言すると、鳥居は南町を後にした。

その後、鳥居は間を置かずに登城し、老中たちの御用部屋を訪問する。

水野越前守忠邦に報告した内容には、矢部に寄せる同情など一片たりとも含まれてはいなかった。

一同心による凶行を不在の折に許してしまった矢部の管理不行き届きぶりが、徹底して目立つように報じたのだ。

登城中の出来事とはいえ、言い逃れは許されない。これが奉行所外で起きたことであったならば情状《じょうじょう》酌量《しゃくりょう》の余地も見出せようが、与力も同心も執務中の衆人環視下で刃傷沙汰を出来《しゅったい》せしめ、身を呈して食い止めようとしたのが見習い同心一人きりだったというのは、日頃から奉行の教育がなっていないことの証左である。

鳥居は斯様な筋書きを組み立て、事件の顛末を言上するに及んだのである。

忠邦はすべてを聞き終え、静かな面持ちでこう断じた。

「……駿河守もこれまでだの」

大御所がいなくなって、名実共に十二代将軍の権威を得た家慶の意を汲み、忠邦は折しも幕政改革に本腰を入れ始めたところであった。政策に異を唱える者を、一人として幕閣内に残しておくわけにはいかない。

こたびの刃傷沙汰は矢部を放逐《ほうちく》する、格好の材料となりそうだった。

鳥居にしてみれば、まさに好機到来であった。


「駿河守め、慌てておるであろう？」

屋敷へ呼んだ三村右近に城中での首尾を伝えた後、鳥居は問うた。常と変わらずに淡々とした面持ちをしていても、気分が弾んでいるのは声色から察しがつく。

「ご推察の通りにございまする、殿」

応じて、三村はにやりと微笑む。

見習い同心に身をやつして南町に潜り込んでいても、三村があるじと仰ぐのは以前と同じく鳥居のみである。あくまで忠実な走狗《そうく》であった。

「あやつ、怒りの矛先《ほこさき》を何処に向けるつもりかの」

「佐久間の妻女がやられましたぞ」

「無体に及んだのか」

「まさか。それでは如何物《いかもの》食いにも程がありましょう」

真面目な顔で問うた鳥居に、三村は苦笑混じりに答える。

「御上の沙汰を待つには及ばぬと、八丁堀より追い払《はろ》うたのみにございまする」

「儂の処分を待たずに、か？」

それは明らかな越権行為だった。

与力も同心も現職中ならば、奉行の権限で進退を決めることができる。社宅として無償で貸与される、八丁堀の組屋敷の入退去についても同様だった。

しかし、亡き佐久間伝蔵とその家人の処分は、今や目付である鳥居耀蔵の管轄下に置かれている。にも拘わらず矢部は勝手に処分を下し、佐久間の妻・かねを放逐する暴挙に及んだのだ。

「己の首を絞《し》めることになるばかりだと申しますに、あれはつくづく馬鹿な男でありますなぁ」

「なればこそ御《ぎょ》しやすかったのだがな……真実《まこと》、愚かな奴じゃ」

呆れた様子の三村と苦笑し合いつつ、鳥居は何やら思案している。矢部の短慮に付け込み、更なる策を弄《ろう》するつもりであった。

八

かねは困り果てていた。

これほどの事件を引き起こしたとなれば、組屋敷を取り上げられるのは当然のことである。

されど、かねにしてみれば何もかも信じられぬことであった。

夫が同僚を斬殺すべく試し斬りに熱を入れていたとは夢想だにしておらず、この齢になって路頭に迷う羽目になろうとは考えてもみなかったのだ。

佐久間夫婦に後継ぎはいない。養子を迎えていれば奉行所も情けを掛けてくれたのかもしれないが、今となっては後の祭りである。

目付の沙汰を待たずに断行された処置に異を唱えはしたものの、世間知らずの同心の老妻が言うことなど、奉行に取り合ってはもらえなかった。

斯様なときに頼るべき身内は揃って外聞を憚るばかりで、向後《こうご》は縁を切ると一方的に宣言されている。

近所の妻女たちも手のひらを返したかの如く冷たく振る舞い、救いの手を差し伸べようともしてくれない。

佐久間があれほど信頼を寄せていた年番方与力の仁杉五郎左衛門も、一度とて訪問して来ないままである。

かつて南町で鬼仏の異名を取った、元吟味方与力の宇野幸内も同様であった。

(神も仏もありはせぬのですね……)

絶望しきったかねは、仏壇の前で溜め息を吐くばかりだった。

仏間だけでなく、どの部屋もがらんとしている。

すでに屋敷は閉門に処され、家財をまとめて退去するように通達されていた。その家財もめぼしいものを金に換え、永《なが》の暇《いとま》を出さざるを得なくなった奉公人たちに分け与えた後は、幾らも残りはしなかった。

いっそ自害をするべきなのかもしれないが、そうする気概も湧いてこない。亡き夫はお役目一筋の性分であり、連れ添ったという感慨も抱けぬ存在だったからだ。

重ねて溜め息を吐こうとしたとき、訪《おとな》いを入れる声が聞こえてきた。

「御免」

訪問者は徒歩《かち》ではなく、乗物（専用の駕籠）を仕立てていた。

式台《しきだい》に降り立ったのは、上品なたたずまいの武士である。

「御目付の鳥居耀蔵様にございますぞ」

供侍から小声で告げられ、かねは慌てて平伏《へいふく》する。

「こたびは難儀をされたそうだの。ささ、面《おもて》を上げられよ」

頭上から聞こえてくる声色は柔和そのものだった。

それが天性の人たらしの作り声であることを、かねは知る由《よし》もなかった。

間が悪いとはこういうことを言うのだろう。

かねの行く末を案じた幸内が憐を伴い、お忍びで八丁堀の組屋敷を訪れたときにはすでに遅く、当人は鳥居の屋敷内の御長屋に迎え入れられていた。

「何も案じるには及ばぬ。ゆるりと過ごされよ」

「忝のう存じまする」

「よいよい」

感謝の眼差しを向けるかねに、鳥居は優しく微笑み返す。

一面識もない寡婦《かふ》を救済したのは、むろん下心あってのことだった。

「おぬし、奉行が憎いであろう」

「は?」

「矢部駿河守めの裁きに得心がいかぬのは、儂も同じぞ」

「御目付様……」

「実は今一つ、おぬしに伝えねばならぬことがある」

困惑するかねに、鳥居ははっきりと告げた。

「佐久間氏《うじ》が凶行に走りしは唯一人《ただいちにん》の存念のみには非ず。余人の意を汲んでのことと儂は見なしておる」

「ま、真実ですか!?」

「儂が偽りを申す男に見えるかな」

「いえ……」

真面目な顔で見返され、かねは思わず頬を赧《あか》らめる。

亡き夫に比べれば逞しさなど皆無の鳥居だが、見るからに繊細で濃《こま》やかそうな殿方である。その濃やかさを女人になど一切向けず、出世のための知略にしか用いぬことをもとより彼女は知らない。

思惑通りの反応に胸の内でほくそ笑みつつ、鳥居は畳み掛ける。

「聞きたいとは思わぬのか。おぬしが夫をそそのかし、空《むな》しゅうせし輩の名を？」

「……何方《どなた》なのでございますか？」

「仁杉五郎左衛門。五年前に佐久間氏を従え、御救米の買い付けに携わりし男ぞ」

「仁杉様が……まさか……」

さすがにかねも、すぐには信じ難い様子であった。

自分に救いの手を差し伸べてもらえなかったのは腹立たしくもあるが、少なくとも生前の佐久間と良好な間柄だったのは承知の上である。

第一、夫を死に至らしめて、五郎左衛門に何の得があるというのか。

そんな疑念を打ち消すかの如く、鳥居は言葉を続ける。

「おぬしはあやつの本性を知らぬ……名与力が聞いて呆れる奴なのだ」

「何故、そこまで悪《あ》しざまに申されるのですか？」

思わず引き込まれるように問いかけるや、鳥居は熱っぽい視線を向けてきた。

「可哀相に……。何ひとつ知らぬとは、げに気の毒なことじゃ」

鳥居の双眸は心なしか潤んでいる。かかる態度を示されて、じっと耳を傾けぬ女人はいない。

かねはまんまと人たらしの術中に嵌《はま》ってしまっていた。

仁杉五郎左衛門は五年前の御救米買い付けに際して不正を働き、その当時の配下であった堀口六左衛門と佐久間伝蔵の口から事実が露見するのを恐れていた。それ故に佐久間を焚きつけて堀口を殺害させ、口封じを目論んだ——。

冷静に考えれば、あり得ぬ話である。

しかし、鳥居の口から言葉巧みに語られれば説得力も違う。

「ありし日の事共《ことども》を調べれば調べるほど、佐久間氏は実直な御仁であられたとしか儂には思えぬ。仁杉めはその人柄に付け込み、己《おのれ》を守るために死んでくれと命じたのだよ……かね殿」

「そんな……」

「むろん、儂ならば引き受けはせぬ。如何に恩義を受けし上役の命であろうと無辜の朋輩を斬り、可愛い妻《さい》を遺して自裁に及ぶなどできるものではない」

「……御目付様の奥様は、お幸せな方であられるのですね」

ぽつりとつぶやくかねの顔は無念そうだった。

夫を死に至らしめた元凶は仁杉だと、今や完全に信じ込んでいる。

夫が引き起こした大事で疲れ切っていた上、誰からも冷たくあしらわれたかねに、鳥居の言葉はことさら優しく響いた。

故に、鳥居の甘言《かんげん》にもまんまと乗せられてしまったのだ。

「されば儂の申す通り、駕籠《かご》訴《そ》をなさるのだな」

「はい……」

「よくぞ申された。向後のことは一切、儂に任せていただこうか」

天性の人たらしの鳥居にしてみれば、女一人を信用させて意のままに操るなど朝飯前のことである。

親切ごかしに世話をし、信用を得た上で作り話を吹き込んだ真の目的は、かねに駕籠訴——登城中の乗物の前に飛び出しての直訴を実行させ、南町奉行の矢部駿河守定謙と年番方与力の仁杉五郎左衛門両名の落ち度を、老中首座の水野越前守忠邦へ直に伝えることだった。

鳥居自身がどれほど証拠を捏造《ねつぞう》しても、北町奉行の遠山あたりから讒言《ざんげん》ではないかと横槍を入れられてはうまくない。しかし第三者であり、刃傷沙汰のしわ寄せで不幸な目に遭ったかねが直訴に及んだとなれば話が違う。

「直訴は必ず取り上げられる代わりに、訴え人を罪に処するが御定法《ごじょうほう》。されど御上にもお慈悲というものがある。儂を信じて、なし遂げてくれ」

「貴方様《あなた》の仰せの通りにいたしまする」

「よろしい。それでこそ婦道の鑑《かがみ》じゃ」

決意を込めたかねの返事を耳にし、鳥居はにっこり微笑む。

もとより、かねを助命するために尽力する気など毛頭ない。

夫の死に血迷い、御法度《ごはっと》破りの所業《しょぎょう》に及んだ慮外者として仕置《しおき》（処刑）されるのを、最初から見殺しにするつもりであった。

九

かくして残暑も去り、秋も深まった頃。

突如、南町奉行所に激震が走った。

鳥居耀蔵による数々の裏工作が功を奏し、ついに仁杉五郎左衛門は小伝馬町牢屋敷に投獄されてしまったのだ。

その罪状とは五年前の御救米買い付けにおける不正行為——当時の奉行だった筒井伊賀守政憲の許しを得ずに御用商人から勝手に金子《きんす》を調達し、さらには公儀が定めたものとは違う安価な米を買い付けて差益を生ぜしめ、いずれも米問屋の損失を穴埋めするために流用したこと。個人の利益を追求するためには非ざるとはいえ、一与力の分《ぶん》を弁《わきま》えず、独断で事をなしたのは間違いないというものだった。

申し開きをすることもなく、五郎左衛門は粛々と縛《ばく》に着く。

むろん、周りの者たちにとっては、到底耐え難いことだった。

「何故の仕儀なのですか、ご隠居っ⁉」

「焦るんじゃねぇや、若いの……」

俊平を叱りつける幸内の口調は厳しい。

しかし、その端整な細面には隠そうとしても隠し得ない、年来の朋友の身を案じてやまぬ気持ちが滲み出ていた。

気遣うばかりでは何も始まらないのも、重々承知している。

「これ以上、罪もねぇ者たちを死なせるわけにはいかねぇぜ」

「ご隠居……」

もとより、俊平も思うところは同じであった。

囚《とら》われの身となった五郎左衛門を救うべく、幸内と俊平は奔走した。

仁杉五郎左衛門が御救米買い付けにおいて独断専行で事をなし、直属の配下だった佐久間伝蔵を結果として暴走させてしまったのは、歴然たる事実である。

過去の事実を打ち消すことは叶わぬし、御用鞭（逮捕）にされてしまったからには相応の裁きも受けなくてはなるまいが、すべてを五郎左衛門だけが背負わされるのは理不尽に過ぎよう。

奉行の矢部にも、責を取らせなくてはなるまい。

幸内と俊平は、早々に五郎左衛門との接触を図った。

南北の町奉行所および火盗改が捕らえた罪人が収監される牢屋敷は、幸内にとって現役の頃に勝手知ったる場所である。俊平も探索行で潜り込んだことがあり、大牢《おおろう》を仕切る牢名主とも親しい仲だった。

潜入捜査となれば難事だが、囚人と面会して話をするだけならばさほど難しいことではない。牢屋敷勤めの同心は町奉行所とは別枠で採用されており、町方より格下であるため、居丈高《いたけだか》に接すると反発を喰らうが、鼻薬を嗅がせれば頼み事を聞いてもらうのも容易い。つまり万事が金次第だった。

「じじぃの面ひとつで無理を聞いてもらえるたぁ思っちゃいねぇや。これっぱかしで済まねぇが、ちょいと息抜きしてきてくんねぇ」

そう言って幸内が握らせた板金《いたきん》を、中年の鍵役同心は済ました顔で受け取る。

「……四半刻《しはんとき》（約三十分）でよろしいか」

「申し分ねぇやな」

「されば、こちらへ」

鍵役同心が幸内を案内した先は揚《あが》り屋だった。

牢屋敷では士分、および僧籍《そうせき》の者は独房に収監される。

以前に俊平が潜入した大牢や二間牢は大勢の罪人で鮨詰《すしづ》め状態の劣悪極まる環境だったものだが、上級武士は畳敷きの揚り座敷、下級武士は鞘土間《さやどま》を隔てて大牢の隣に位置する板敷きの揚り屋をあてがわれ、比較的快適に過ごすことができる。

五郎左衛門も幾分やつれてはいたが、存外《ぞんがい》に元気そうだった。

幸内の姿を目にした五郎左衛門は、感極まった表情で語りかけてくる。

「よく来てくれた。もはや生きては会えぬものと思うておったよ」

「へっ、心にもないことを言うもんじゃねぇや。このぐれぇのことでへこたれるお前さんじゃねぇだろ？」

苦笑しながら、幸内はじっと五郎左衛門を見返す。

浅葱色《あさぎいろ》の獄衣《ごくい》を着せられていても、朋友は変わらず折り目正しい。

裾を乱すことなく板の間に端座《たんざ》し、凛《りん》とした目をこちらに向けている。

五郎左衛門は、今の立場を恥じていない。囚われの身とされても尚、理不尽な権力を行使する輩に屈してはいないのだ。

「……なぁ、仁杉」

幸内はふと声を低めた。

先程の鍵役同心は気を利かせて当番所に引っ込んでくれていたが、牢内を巡回する下男《しもおとこ》たちに聞かれてしまってはうまくない。

囚われの朋友に語りかけんと思い立ったのは、密を要する話であった。

「お前さん、まだ矢部駿河守を信じ抜けるかえ？」

「何と申すか、宇野」

「人が好《よ》いのもいい加減にしねぇ。世の中にゃ、こっちが幾ら誠を尽くしたところで通じねぇ手合いもいるってのを、お前さんは知らなくっちゃいけねぇよ」

「……………」

「ま、腹を立てずに聞いててくんねぇ」

五郎左衛門が気色ばむのに構わず、幸内は言葉を続けた。

「俺ぁな、仁杉。ほじくり返してみてぇ事件《こと》がひとつあるんだ」

「何をするのだ……」

「もう一年も前のこった が、俺が永代橋《えいたいばし》で殺《や》られかけたことがあっただろう」

「うむ。よくぞ生きて還《かえ》ってくれたと、皆で安堵したものだ」

「その節は随分と心配をかけちまったが、おかげさんで何とか……な」

それは昨年の八月、雨のそぼ降る永代橋での出来事だった。

あの頃の幸内は、見習い同心から廻方に抜擢されたばかりの俊平と共に、米問屋の元手代《てだい》殺しを追っていた。

かつて深川佐賀町の米問屋に奉公していた男たちは五年前、御救米の買い付けを命じられて越後まで出向いた面々だった。

彼らは道中の酒食遊興で三百両もの遣い込みをして一度は奉行所に捕らえられ、現役の吟味方与力だった当時の幸内が取り調べて事実を吐かせたものの、五郎左衛門から懇願されて無罪放免するに至った。それが店を追われて幾年も経ってから、土左衛門となって大川《おお》に浮かんだのだ。

亡骸はいずれも袈裟がけの一刀で斬殺され、体には縄目の跡が残っていた。何者かに囚われて責め問いをされた末に、口を封じられたのは明らかだった。

「あいつらのことを調べ廻っている最中に俺ぁ襲われたんだ。刀ぁ向けてきやがったのは御小人目付の連中……あの鳥居耀蔵の走狗《いぬ》どもさね。これから引導を渡そうってんで、ご丁寧に手前《てめえ》から素性をばらしてきやがった。まさか俺を斬り損じるたぁ思いもしなかったんだろうよ」

あれは凄絶な斬り合いだった。俊平と別行動で深川界隈を探索してきた帰り道、十余名の御小人目付に包囲された幸内は大刀を失い、小刀だけで渡り合って辛くも窮地を脱し、手傷こそ負わされたものの何とか生還することが叶ったのだ。

「俺ぁやるぜ、仁杉」

あのとき断念した探索を今一度、命を懸けてやり直す。幸内は決意も固く、そう言っているのだ。

「……」

五郎左衛門は苦渋の表情を浮かべた。幸内たちが妨害された手代殺しの真相を、実は知っていたからである。

昨年の暮れ、まだ奉行職を虎視《こし》眈々《たんたん》と狙っていた当時の矢部は、五郎左衛門を手の内に取り込むべく、自らが入手した御救米買い付けの不正に関する証拠をまとめて突きつけてきたことがあった。その証拠品の中に、死亡した手代たちの口書《くちがき》(供述書)が含まれていたのだ。

矢部としては、こちらを脅す材料として見せつけたつもりだったのだろう。しかし、変わり果てた姿で発見される前夜の日付が明記されている上に、爪印《つめいん》までが捺《お》された手代たちの口書は殺人の証拠にもなり得る。

おまけに矢部は身柄の拘束と尋問を鳥居に任せ、その配下である御小人目付たちを使役したと迂闊にも五郎左衛門に漏らして、二重三重に墓穴を掘ってしまっていた。

今の今まで、自分独りの胸に収めてきたことだった。

非道な男と見なしてはいても、五郎左衛門は矢部にも人間の善なる心が残っていると信じてきた。なればこそ新奉行の座に就いても反発せず、黙って見守り続けてきたのである。

だが、これ以上はもはや耐え難い。

「……聞いてくれ、宇野」

意を決し、五郎左衛門は口を開く。

無二の友が自分のために命を懸《か》けると言ってくれたことで、五郎左衛門は己の考えを改めたのだ。

人間が好きであり、とことん信じ抜くのは善き行いに違いない。

されど、世の中には信じるに値せぬ輩が多いのも事実である。

彼の朋友である宇野幸内は最初から人を疑ってかからぬ代わりに、改悛の情なき者と見なせば迷うことなく、非情な裁きを下す刑吏だった。職を辞し、人を裁く立場を離れた今も、その心情は変わっていない。

五郎左衛門とて、自分の甘さは最初から承知している。人間が好きで、信じたいと思う気持ちから米問屋の手代たちの遣い込みを見逃してやり、損失の穴埋めまでしてやったのだ。

しかし、その思いやりは裏目に出た。なまじ救済してやったがために手代たちは悪の一味の標的となり、痛めつけられた末に斬殺される憂き目を見たのだ。

矢部と鳥居を放っておけば、また同じ犠牲者が出ることだろう。

彼らの走狗と成り果てた堀口も野放しにはしておけまい。その堀口と黒い繋がりを臭わせる、見習い同心の三村も怪しい。

このままではいけない。自分と幸内が永きに亙《わた》って精勤し、一途に支えてきた南町奉行所を、邪な者共に牛耳らせたままにしておいてはならないのだ。

半刻後、幸内と俊平は牢屋敷を後にした。

十月も半ばとなれば、大路を吹き抜ける風は冷たい。

陽暦ならば十一月下旬。紅葉もそろそろ散り、江戸は冬を迎える。

「年の内に決着《けり》をつけましょうぞ、ご隠居」

つぶやく俊平は眥を決し、肩を怒らせていた。

「しっかり頼むぜぇ、若《たけ》いの」

頷く幸内も、端整な細面に猛き闘志を燃やしている。

二人は小伝馬町から小舟《こふな》町に抜け、日本橋《にほんばし》川を越えて京橋《きようばし》方面へと向かう。俊平の持ち場である築地界隈を見廻り中の政吉と合流し、急ぎ指示を与えるためだった。

面会時間の延長はできぬと渋る鍵役同心に追加の袖の下を渡して黙らせ、じっくりと時をかけて五郎左衛門と話し合った二人は、一年前の手代殺しの真相を白日の下に晒す決意を固めていた。

御救米買い付けの一件を暴くためとはいえ、無抵抗の町民を拉致《らち》して拷問《ごうもん》し、殺害に及ぶとは非道に過ぎよう。

実行部隊の御小人目付たちは、昨年の永代橋での暗闘で幸内にまとめて返り討ちにされてしまっている。しかし鳥居に事を命じた矢部はまだ、己の悪行を悔いることもせずに権力の座にあぐらをかいているのだ。

このままにはさせておくまい。

手代殺しの黒幕である事実を告発し、失脚させれば南町奉行所は救われる。それは幸内と五郎左衛門が、そして諸先輩を敬愛する俊平が等しく望むことだった。

十

幸内と俊平は力を合わせ、矢部の追い落としに乗り出した。

まず手に入れなくてはならないのは、拘束した手代たちに爪印を無理やり捺させた口書である。

北町奉行の遠山に調べてもらったところ、矢部が前奉行の筒井を失脚させたときに公儀へ提出した証拠の中には含まれていなかったという。あくまで五郎左衛門を恐喝《きょうかつ》するための材料に用いるつもりであり、下手に幕閣の目に触れさせて手代殺しと関連づけられてはまずいと判断したのだろう。

五郎左衛門が罪に問われ、投獄されるに至るまでの吟味についても併せて調査してもらったが、そのような口書は証拠書類に挙がっていないと判明した。

「連中も馬鹿じゃねぇからなぁ……とっくに焼き捨てちまったか、何処ぞに隠してるかだろうな」

かかる遠山の所見を踏まえ、幸内は南町奉行所を探ることにした。

まさか、一般の与力と同心の目に触れる書庫になど置いているはずもない。

隠し置くとすれば奉行所の奥——矢部と家人が住まう空間であろう。

しかし、如何に元与力とはいえ、そこは幸内が気軽に出入りできる場所ではない。

まして幸内は矢部に媚を売る若い同心たちから疎《うと》んじられており、奥どころか表に姿を見せただけでも警戒されるのは目に見えている。

となれば、密かに入り込むより他になかった。

「大事ありませぬか、ご隠居？」

新大橋の隠居所を訪ねた俊平は、心配することしきりだった。

幸内は憐に手伝わせ、黒い裏地を付けた袷に装いを改めている最中である。

往来を歩くときはふつうの着流し姿と見せかけておき、潜入する間際に物陰で裏返して着替えれば闇に溶け込む、盗っ人向けの装束だ。

顔を隠す黒布に、音を立てることなく戸板を開けるための油を容《い》れた竹筒、足跡を残さぬために廊下に敷く反物といった備えまで、抜かりなく用意されていた。

「やはり拙者にお任せくだされ」

「馬鹿を言いなさんな、若いの」

俊平が言い募っても、幸内は取り合わない。

「北町の同心が南町に忍び込んで見つかりゃ、只じゃ済まんのだぜ。第一、頭に血ぃ上って斬り合いなんぞをおっ始《ぱじ》めちまったら、元も子もねぇんだ。血の気の多いお前さんには無理な仕事だよ」

そう言って俊平をやり込める幸内は、身に寸鉄《すんてつ》も帯びていない。あくまで奉行所の奥に忍び込み、口書を盗み出すことのみが目的だからだ。

むろん、幸内とて現場を押さえられたら無事では済まない。

かつて南町で評判を取った名与力とはいえ、現職を退いて久しい身で深夜に奉行所内へ、それも奥の奉行の私室へ盗みに入ったと知れれば捕らえられ、厳罰に処されるのは当然のことである。

それでも、五郎左衛門を救い出すためには行かずにいられないのだ。

「南町は俺の古巣だよ。天井裏から床下まで、ぜんぶ頭に入《へえ》ってらぁな」

俊平を安心させるため、幸内はわざとうそぶいてみせる。

「されど、この寒空に忍びの真似などをなすってはお体に障るのでは……」

「人を年寄り扱いするもんじゃねぇや。寒い牢ん中で頑張ってる仁杉のことを思えば、何てことはないさね」

飄々《ひょうひょう》と告げ置き、幸内は土間に降り立った。

憐は何も言わずに草鞋《わらじ》を拡げ、紐《ひも》を結ぶ。

その白い指が微かに震えていた。

だが、危険なことと承知していても、止めるわけにはいかない。

無二の朋友のために力を尽くさんとする幸内がとことん得心のいくように、黙って送り出すのみだった。

深夜の数寄屋橋は静まり返っていた。

門番の小者が交代した直後の隙を突き、幸内は門前へ躍り出る。

「わっ⁉」

「ううっ」

揃って欠伸《あくび》をしていた二人組はみぞおちに拳を打ち込まれ、抗《あらが》う間もなく冷たい地べたに崩れ落ちた。

幸内は着流しの裏地を表にして裾をはしょり、黒股引《くろももひき》を覗かせている。持参の黒布で面体を覆い隠し、盗っ人用具一式を収めた風呂敷包みを腰に括りつけていた。

「すまねぇなぁ。ちっとだけ、眠っててくんな」

失神した小者たちを白海鼠壁《しろなまこかべ》にそっと寄りかからせ、幸内は正門の右脇に設けられた小門を潜る。夜間に駆け込み訴えをしてくる者のため、常に開放されていることを幸内は承知していた。

門脇の詰所で見咎められぬため体勢を低くし、玄関に至る六尺幅の敷石の上を這《は》うように進んでいく。敷き詰められた伊豆石《いずいし》は夜目にも青々としており、ひんやり冷え切っていた。壮年の身には堪えるが、辛抱するしかない。

敷石の両側は、那智黒《なちぐろ》の玉砂利が一面に広がっている。以前ほど掃除が行き届いていないらしく、埃の臭いが鼻を突く。幸内が匍匐《ほふく》前進している敷石も汚れており、前に進むごとに、黒装束は斑《まだら》になっていった。

(肝心なとこが緩んでいやがるんだなぁ……)

夜の冷気に黙して耐えながら、幸内は胸の内でぼやく。

奉行所に限らず、玄関前は人の目に最も触れる場所である。常に清潔にしておくことを心がけるのが作法というものだった。

しかし、最近の南町では検挙率の向上に躍起になる余り、毎朝打ち水をしたり箒《ほうき》で掃いたりすることを小者たちに徹底させず、廻方の捕物御用の手伝いばかりに駆り出している。

（ったく、本末転倒ってやつだぜ）

慨嘆《がいたん》しつつ、幸内は玄関に辿り着いた。脇に積まれた天水桶《てんすいおけ》をひっくり返さぬように注意しながら立ち上がり、腰を低くした体勢で壁沿いに駆けていく。

奉行一家の官舎である奥は、ひっそりと静まり返っていた。妻子はもとより、矢部も眠りに落ちていると見なしていい。

着任以来、矢部は職務一筋に励んでいるという。下谷の二長町から引っ越してくるときも家人のみを伴い、妾の忍には別宅をあてがっていた。それも最近は足が遠退いて久しく、遊興のため盛り場に繰り出すことも控えているとのことだった。

矢部の身辺に貼り付き、その動向を子細に調べ上げてくれたのは、俊平の道場仲間の波岡晋助である。

遠山と政吉だけでなく、晋助も以前世話になった仁杉五郎左衛門を救うために協力を申し出てくれたのだ。

(有難《ありがて》えこったが、焦らせちゃあなるめぇな)

晋助が義侠心《ぎきょうしん》だけで動いているわけではないことに、幸内は気づいていた。

憎むべき存在である矢部を失脚させ、今度こそ愛する忍を取り返そう。そんな固い決意の下にあの若者は力を尽くしているのだ。今宵も付いてくると言って聞かないのを押し止め、念のために政吉に見張らせてあった。

「さて……」

幸内は腰の風呂敷包みを下ろし、竹筒の油を雨戸の溝に流し込んだ。

外した雨戸を音を立てぬように立て掛け、廊下に反物を転がして伸ばす。

万事、手慣れた動きであった。

手口を知らずして盗っ人は防げぬと見習い与力の頃に思い立ち、南町奉行所で密偵を務めていた老練《ろうれん》の盗賊に付いて特訓した技は、まだ衰えていない。

廊下が軋《きし》まぬようにそっと反物を踏み締め、幸内は歩を進めてゆく。目指す矢部の私室は、すぐそこであった。

十一

「……？」

矢部の熟睡をふと遮ったのは、若い女人の仄《ほの》かな香りだった。

このところ妾の忍とは接することもなく、自分に移り香がしているはずもない。

何者かが忍び入ったと気づくや、矢部は仰臥《ぎょうが》したまま視線を巡らせた。

手燭《てしょく》が淡く灯された中、黒装束の賊が部屋の中を探っている。

調べる端から元通りに直していく、几帳面な性格を窺わせる家捜《やさが》しぶりだった。

声を掛けるより先に、矢部はいきなりぶわっと掻巻《かいまき》を跳ね上げる。隙を作った上で床の間の刀架に手を伸ばし、抜き打ちに斬り捨てるつもりなのだ。

しかし、賊は存外に機敏だった。

だっと畳を蹴って床の間へ跳び、いち早く刀を奪い取る。

背後を取られた瞬間に、矢部の太い喉元に鞘が押し当てられていた。

「声を立てるじゃねぇぜ」

告げてくる声は聞き覚えのあるものだった。

大身旗本の権威に屈することなく、常に飄々としながら義を貫くあの男である。

「うぬは、宇野幸内かっ!?」

「騒ぐなって言ってるだろうが、え？」

喉を締め上げる力が、徐々に強くなる。

「ぐ……」

「このまんま引導を渡してやってもいいんだぜ」

幸内の口調からは、あきらかに本気であることが窺えた。

すでに手燭の明かりは吹き消され、部屋の中は漆黒の闇に包まれている。

矢部の恐怖は否が応にも募るばかりであった。若い頃に剣術の夜間稽古で鍛え上げたはずの夜目《よめ》も、寄る年波ですっかり利かなくなってしまっている。

これでは長押《なげし》の槍を取って反撃に転じるのはおろか、摑みかかることもできそうにない。

「わ、判った。助けてくれ」

だが、矢部の必死の命乞いも、幸内には通じはしなかった。

「その言葉、仁杉が一遍《いっぺん》だって口にしたかね？」

幸内は抑えた声で、淡々と語りかけてくる。

「与力も同心も裁くのは奉行に非ず。此度《こたび》もぜんぶ目付の鳥居がやったことだなんて吐《ぬ》かしやがったら、お前さんの首をへし折るぜ。いいのかい」

「よ、よせっ」

「やめてほしけりゃ、鳥居んとこの御小人目付どもに殺《ばら》させた手代たちの口書を俺に寄越しな」

「く、口書とな」

「深川佐賀町の又兵衛《またべえ》んとこに奉公してた、手癖の悪い連中だよ。お前さんが鳥居の奴に頼んで引っ括らせ、責め問いに掛けたあげくに亡骸《おろく》にさせちまったんだろ」

「……………」

「あの頃のお前さんは西ノ丸留守居《にしのまるるすい》役。火盗の長官《おかしら》だった昔ならいざ知らず、そんな無体を働いたって御上に訴え出てもいいのかい？」

「ひ、仁杉が漏らしおったのか⁉」

「さてな」

幸内はとぼけた口調で応じつつ、くんと鯉口《こいぐち》を切る。

「動いたら喉笛を掻《か》っ切るぜ。さぁ、早いとこ口書を出してくんねぇ」

矢部は身じろぎもできなかった。

宇野幸内が小野派一刀流の手練なのは、昨年の暮れに下谷二長町の屋敷に乗り込まれたときに嫌というほど思い知らされていた。だが、まさか本職さながらの盗っ人の技術を身に付けているのみならず、丸腰でいながら反撃を許さぬほどの凄腕とは夢想だにしていなかった。

「早くしな」

急かす口調も堂に入ったものである。

矢部は答えられない。押し黙ったまま、脂汗を流すばかりであった。

しかし、いつまでも沈黙してはいられない。

幸内が鞘をすっと動かし、刀身を露《あら》わにしたからだ。

冷たい白刃が、紙一重の間隔で喉元に突きつけられている。

「……おぬしには、渡せぬ」

「まだ意地を張ろうってぇのかい」

「い、否っ」

総毛立つ恐怖と戦いつつ、矢部は言った。

「あの口書は、もはやありはせぬ」

「どういうこった」

「儂が奉行となりし折に、処分してくれと鳥居に頼んだのじゃ。目の前にて焼き捨てさせた故、間違いはないっ」

「悪事の手証を無きものにしちまったってわけかい。薄汚《うすぎたね》え……」

幸内は茫然としながらも、突きつけた刃を離しはしなかった。

のみならず、ほんの僅かではあるが喉との間隔が狭まっている。このまま感情が激してしまえば、命を保障できぬ状況だった。

「そ、それは違うぞ」

喉を掻き切られる恐怖に肌を粟立《あわだ》たせながらも、矢部は懸命に抗弁する。

「儂が望みは南町の奉行職に就くことのみであった！　事が成就せし上は、伊賀守に遺恨などありはせぬ。むろん、仁杉にもじゃっ。なればこそ向後は詮議無用と鳥居に伝え、余計な真似はせぬようにと言うておいた!!　にも拘わらず、あやつは仁杉を罪に問うたのだっ」

「声がでかいぜ……」

小声で注意を与えつつ、幸内は静かに刃を収める。

「う、宇野」

「邪魔したな、お奉行さん」

戸惑う矢部をそのままにして去り行く幸内の背中は、虚しさに満ちていた。

十二

幸内が悄然《しょうぜん》と数寄屋《すきや》橋を後にしてから、小半刻の後。

鳥居耀蔵は床の上に座し、三村右近の報告に耳を傾けながらほくそ笑んでいた。

「宇野幸内め、必死だのう」

「よほど仁杉の身が案じられるのでありましょう。麗しき友情ですな」

うそぶく三村は今宵の当直として、奉行所内にいたのである。

凡百の同心や小者ならば易々と出し抜くことができる幸内も、この男が自分の侵入を察知し、矢部の私室近くで耳をそばだてていたことには気づかぬままだった。

「ともあれ、すべて殿の読み通りにございました」

「うむ、大儀であった」

三村を労うと、鳥居は再び自室に戻った。

手代殺しの証拠を追う幸内とその仲間たちが万策尽き、矢部の許から口書を奪おうと思い立つであろうことは予想がついていた。

「ここまで読み通りに動いてくれるとはのう。ふふふ、笑いが止まらぬわ……」

灯芯を一本だけにした淡い光の下で、鳥居は酷薄《こくはく》な笑みを浮かべる。

今宵はたまたま三村が当直を務めていたのが幸いし、忍び込んだ事実ばかりか矢部の自分に対する本音まで子細に知ることができたわけだが、他にも配下の御小人目付たちを数寄屋橋の界隈に毎夜張り込ませておき、いつ侵入しても捕捉し得るように段取りがつけてあった。

幸内の懸命な姿も、鳥居には馬鹿な道化としか思えない。

しかし、今では幸内を亡き者にしようとまでは考えていなかった。その気になれば始末させるのも易きことだが、生かしておいてもさほど邪魔にはならないと判断していたのである。

何もかもが鳥居の思う壺だった。


翌朝。江戸城中・中ノ口。

憔悴した顔で登城してきた矢部の前に、鳥居は悠然と現れた。

中ノ口には通路を兼ねた長い土間があり、その両側に幾つもの小さな座敷が設けられている。出仕した幕臣たちは割り振られた下《した》部屋で着衣を正し、各々が執務する用部屋へ向かうのだ。

町奉行と目付が顔を合わせるのも不自然なことではないのだが、矢部にしてみれば、朝から見たくはない顔だった。

「お顔の色が悪うございますな、駿河守殿」

「……………」

呼びかけてくるのを無視し、矢部は土間を先へ進もうとする。後に従う小者たちはあるじの無礼に当惑しながらも、黙っているしかなかった。

そんな一行を見送りつつ、鳥居はぼそりとつぶやく。

「やはり、これまでの器《うつわ》ということか……」

そのとたん、矢部はぴたりと歩を止めた。

皆を決して振り返り、血走った目で鳥居を見返す。

「今、何と申された？」

「貴公もこれまでと言うたのです」

「無礼なっ」

辺りを憚らず、矢部は声を荒らげた。

行き交う者たちが怪訝な顔で振り返るのも構わず、矢部は襟《えり》を摑まんばかりに詰め寄る。

「儂の采配に何の落ち度がある⁉　と、取り消せっ」

寝不足で青かった顔が、すっかりどす黒くなっている。

対する鳥居は、余裕の態度を崩さずにいた。

楽しげに微笑み返し、すっと矢部の耳元に口を寄せる。

「……昨夜の不始末、存じておりますぞ」

「え……」

たちまち絶句する矢部から体を離すと、鳥居はそのまま土間の奥へと歩き去ろうとした。

「ま、待て」

矢部が慌てて追いすがってきても、振り返ろうとさえしない。

目付用の下部屋で速やかに支度を調え、鳥居が向かった先は老中たちの用部屋だった。これから老中首座の水野越前守忠邦に接見するのである。

宇野幸内と仲間たちの動きを何食わぬ顔で見逃しつつ、鳥居は自ら矢部を告発する準備を進めていた。

そのための材料は山ほどある。

かつて閑職の西ノ丸留守居役に左遷されたことを不満とした矢部は、旗本にとって花形の奉行職を得るために、なりふり構わず賄賂をばらまいていた。彼を嫌悪する忠邦は当然受け取らなかったが、他の老中連中は全員懐《ふところ》を肥やしたはずである。その証拠を、すでに鳥居は握っていた。

賄賂だけならば言い逃れもできようが、矢部は時の南町奉行であった筒井伊賀守の評判を貶《おとし》めて失脚させるべく、自ら黒幕となって幾つもの解決困難な事件を江戸市中で引き起こしている。それは鳥居も加担したことだが、口を拭って知らぬ存ぜぬで通していれば、こちらに火の粉は掛からない。

今や不動の老中首座となった忠邦は、鳥居のことが大のお気に入りである。将軍の家慶も厚い信頼を寄せてくれている。

一方の矢部は優秀な人材には違いないが忠邦と反目し合い、倹約政策は物価の高騰と庶民の反感を招くばかりと主張してやまずにいる男だ。

どちらが信用されるかは目に見えている。

隙の多すぎる矢部に対し、鳥居は万事に慎重だった。

仁杉五郎左衛門の処刑を強行しないのも、時期尚早だからである。

南町奉行所内には矢部のことを快く思わず、五郎左衛門を慕っている与力と同心もまだまだ多い。今の段階で刑が執行されれば矢部はもとより、奉行就任を後押しした鳥居まで反感を買うのは目に見えている。

矢部のことなどどうでもよいが、後々に自分の手駒となってもらわねばならない者たちから嫌われてしまってはうまくない。

「ふふふ……」

行き交う者のいない松ノ廊下《まつのろうか》を粛々と進みつつ、鳥居は愉《たの》しげにほくそ笑む。

まずは南町奉行、さらには若年寄――。

策士の野望は確かな段取りの下、脹《ふく》らむばかりであった。

かくして矢部の旗色は日に日に悪くなっていったが、公儀の人事により後任が鳥居に内定したとは、幸内はむろんのこと、毎日登城して忠邦らと接見している北町奉行の遠山も未だ気づいてはいなかった。

何もかも水面下で動いていたからである。

家慶は大御所として贅沢三昧の暮らしを送りながら幕政を牛耳っていた父の死を好機と見なし、思うがままに政を行おうと意気込んでいる。

その具体策に忠邦が提唱したのが、徹底した倹約政策だ。

実行するには庶民の生活を容赦なく引き締め、反する者を処罰する現場責任者の町奉行を、鳥居に任せることが必要不可欠である。

かねてより奢侈の取り締まりに一役買わせてはいたものの、現職の目付のままでは主務である直参の犯罪捜査が忙しく、申し訳なきことながら町方の仕置にまでは手が回りかねると、当の鳥居も困惑ぎみだ。

かくなる上は速やかに矢部を排除して、後釜に据えてやらなくてはなるまい。

咎人《とがにん》に仕立ててしまえば、うるさ型の矢部も万事休すである。そうされてもやむを得ないだけの愚行を、あの男は重ねてきてしまっている。

生真面目な鳥居が子細に報じてくれた行状と、その裏付けとなる数々の証拠書類を基にすれば、裁きを下すのは容易いことであると忠邦は見なしていた。

今や忠邦と家慶の思惑は完全に一致しており、鳥居は果報がもたらされるのを黙して待ってさえいればよいのだった。

十三

年の瀬も押し詰まった、十二月二十一日（陽暦二月一日）。

幸内らの真摯な想いとはかけ離れた政治的判断によって、矢部は突然、南町奉行の座から引きずり下ろされた。

処分は流罪《るざい》。公儀が決めた配流先は伊勢桑名《いせくわな》藩である。

年明け早々にも現地へ護送されて藩庁の厳しい監視の下、外部との接触を断たれた幽閉《ゆうへい》生活を強いられる運びとなったのだ。

異例の裁きに顔色を失ったのは当人だけではない。

矢部の傀儡《かいらい》として動いてきた与力と同心の面々も、己が行く末に暗澹とした想いを抱かずにはいられなかった。

八丁堀に夕陽が沈む。

堀口六左衛門は組屋敷の縁側にたたずみ、溜め息を吐くばかりだった。

「儂もこれまでか……」

奉行が空席となった南町は、本日より活動停止を余儀なくされていた。市中の治安維持と公事の処理には北町が動いてくれているので障《さわ》りはないが、今の堀口にとって町民の安全などはどうでもよい。

自分の成績を上げるための職場が、危機に瀕《ひん》している。それが一番の不安であった。

奉行の首がすげ変わるにしても、罪に問われての失脚となれば前代未聞である。見習いとして出仕し始めて幾十年の町奉行所勤めでも、初めての経験だった。

予期せぬ事態に見舞われたときこそ、人の真価は明らかになるものである。

しかし堀口は弱り切り、不安に苛まれるばかりだった。

現実に立ち向かう気概を持てぬ者に対し、世間は冷たいものである。

家人とて、例外ではない。

堀口の老妻は夫の不甲斐なさに呆れ果て、裏店《うらだな》住まいの身になろうとも構《かも》うてくださいますなと宣して、組屋敷を飛び出した後だった。

その際の言い合いで初めて知ったことだが、堀口の妻は娘時分から続けてきた三味線が玄人からお世辞抜きで褒められるほど筋が良く、同心仲間の祝いの席で先方から披露をせがまれるほどだという。夫婦の世代が若かりし頃には、今日ほど奢侈の禁制もやかましくなく、武家の者が歌舞音曲を習うのが流行《はや》りだったからである。

それは見習い同心の時分から出世のことしか頭になく、息子を奉行所内でより良い地位に就けてやるべく働きずくめだった堀口には何の価値も見出せない、拘わりたいとも思わぬ世界であった。

しかし、頼みの奉行を失って途方に暮れる自分をよそに、妻は腕に覚えの技術を生かして自立すると言い切った。

どれほど締めつけられようと、富裕な町民は金の流れを握っている。つまらぬ男と暮らすよりは町場に身を置き、金持ちの娘たち相手の三味線の師匠になったほうがよほど楽しいことでありましょうと胸を張って、去り状を得ずして出奔《しゅっぽん》に踏み切れてしまうほど強い女だったのだ。

「……………」

今や堀口が頼れる者は誰もいない。

貞五郎は横死し、妻は去り、矢部は二度と復権の叶わぬ身と成り果てた。

もはや仁杉五郎左衛門も、手の届かぬ存在である。

あれほど自分を可愛がり、引き立ててくれた上役を堀口は裏切り、陥れる手伝いをしてしまった。

たとえ無実となって釈放されたとしても、二度とは縁付けるまい。

「仁杉様……」

自責の念に苛まれながら、堀口は絶望し切った顔で、じっと俯いていた。

そのとき、冠木門の向こうから呼びかける声が聞こえてきた。

「生きておるか、ご同輩」

聞き覚えのあるその声に、堀口は弾かれたように顔を上げた。

「三村殿……か？」

「そのまま半死人の態《てい》でおりたければ好きにせい。もしも再起を図りたくば、速やかに付いて参れ」

こちらの悲惨な状態を塀越しに見抜いたかの如き、確信を込めた誘い言葉である。

堀口は何かに憑かれたかのように、ゆらりと立ち上がった。

連れて行かれた先の料理茶屋では、鳥居耀蔵が待っていた。

先の見通しを失った堀口に、次の南町奉行は自分であると明かした上で、矢部に代わる飼い主と仰ぐように因果を含めてきたのだ。

「何事もおぬしの心がけ次第であるぞ、堀口」

「鳥居様……」

「儂は矢部とは違う。おぬしら古参の同心衆と心を同じくし、何事も乗り越えていく所存じゃ」

「心を同じく……でありまするか？」

「それが町方の心得と聞いておる。違うかな」

「め、滅相《めっそう》もありませぬ」

戸惑いながらも、堀口は感無量の様子で返答した。

大身旗本が、それも新任の奉行と決まった人物が、一介の同心を相手に過分な言《げん》を尽くしてくれている。かかる事実に恐縮すると共に、新たな道が拓《ひら》けた喜びを噛み締めずにはいられなかった。

昨年の暮れに宇野幸内から同様の言葉をかけられ、皆で一丸となって矢部の陰謀に立ち向かおうと励まされたことなど、堀口は疾《と》うに忘れてしまっている。

「奢侈を取り締まるが務めの身なれど、人間には息抜きが入り用じゃ。今宵は存分に歓を尽くすがよかろうぞ。さ……」

鷹揚《おうよう》に語りかけつつ、鳥居は酒器を取る。手ずから酌《しゃく》をしてくれるというのだ。

「恐れ入りまする、お奉行！」

「まだ早いと申すに……仕様のない奴じゃ」

勢い込んで杯を差し出され、鳥居は思わず苦笑する。

同心風情と「心を同じくする」など、実のところは毛ほども考えていない。適度に鼻薬を嗅がせて良い気分にさせておき、これから大々的に行うことになる市中の奢侈取り締まりの要員として走り回らせることだけが目的なのだ。

そうやって堀口以外の与力と同心も余さず焚きつけ、南町奉行所を奢侈禁制の橋頭堡《きょうとうほ》とすれば、町民たちの不満は数年のうちに頂点に達することだろう。悪くすれば同心たちを標的とする闇討ちや、奉行所への投石騒ぎも起きかねない。

しかし、その頃には鳥居は若年寄辺りに出世の駒を進め、とっくに江戸の町政から手を引いているはずである。奉行職などほんの腰掛けにすぎず、最初から永く務めるつもりはない。

水野忠邦が家慶のお墨付きの下に推し進めるつもりの幕政改革は、時代の流れと明らかに反している。実のところ、鳥居はそう感じていた。

異国船が頻繁に近海へ出没し、日の本《ひのもと》を脅かさんと暗躍してやまぬ昨今に、享保《きょうほう》や寛政《かんせい》の昔に立ち返って士道矯正と奢侈禁制に走り、商人層の不興を敢えて買おうなどとは笑止千万。忠邦はまったく現実が見えていない。

将軍家の儒官を代々務める家の生まれであるため、旧態依然な思想の持ち主と見なされがちな鳥居であるが、長崎経由でオランダや唐土《もろこし》(中国)からもたらされる海外の情報を密かに閲覧《えつらん》し、表向きは弾圧の対象としている蘭学者《らんがくしゃ》たちの意見を検証することも怠らずにいた。

遠からず、日の本は諸外国の圧力に屈して開国を余儀なくされることだろう。

そのとき必要とされるのは武士の威厳ではなく、江戸と大坂の豪商たちの財力、そして西洋の技術を導入することで可能となる工業の発展のため、安価に投入できる大量の余剰人員――飢饉で年貢を納めきれず、帳外れ《ちょうはず》の無宿人《むしゅくにん》となって江戸に流れ込みつつある貧しい農民層だと鳥居は踏んでいた。

また、贔屓目《ひいきめ》抜きで西洋の絵師や職人にも引けを取らぬ匠《たくみ》の精緻な技も、特産品を生み出すのに繋がるであろうし、その器用さを以てすれば最新技術を取り込んで自家《じか》薬籠中《やくろうちゅう》のものとし、唐土や印度《いんど》のように西洋化の波に押し流されることなく、諸外国に抗していく礎《いしずえ》を築く源と成り得よう。

されど、武士には何もできぬ。

時流に乗り遅れてはいけない。公儀はいたずらに権威を振りかざすことなく、幕府と藩の、武家と町家の垣根を越えて、日の本の国力を富ませなくてはなるまい。

かかる先見の明を持ちながら、鳥居は蘭学者どものように幕政批判をしようなどと考えてはいない。

いずれ武家の権威は無価値と成り果てるだろうが、今のうちは特権階級として利権を大いに享受《きょうじゅ》し、いよいよ幕府が瓦解《がかい》し始めたときにはいち早く刀を捨てて豪商たちと、ひいては諸外国の高官連中と手を組めばいい。

斯様に時代が進むまでは愚かな者であろうと、上役ならば媚びへつらい、下っ端《ぱ》は消耗品として使役していればよいだけの話だと、割り切っているのである。

（世を渡るなど、易きことよ……）

ほくそ笑みつつ、鳥居は再び酒器を取った。

「それ、ぐっと干せい」

「いただきまする！」

勧められるがままに杯を重ね、堀口は真っ赤になっていた。

自分が只の消耗品としか見なされていないなどとは考えも及ばず、道が開けたことを単純に喜んでいる。

一方の三村は、手酌で満たした杯を淡々と傾けていた。

この男は鳥居の腹の底が読めている。剣呑《けんのん》な役目は自分や御小人目付衆の腕利きにすべて任せて使い捨てにし、自らは知略を以て、安全に出世を重ねるつもりであろうと見なしていた。

だが、それで構いはしない。

鳥居のような輩と上手く付き合うには依存しすぎぬことと、こちらの手の内を見せすぎぬ心得が肝要である。

矢部の如く頼り切り、己の馬鹿さ加減を不用意にさらけ出してしまう手合いは、鳥居にとって格好のカモであろう。老中首座の水野忠邦、そして家慶とて、下手に気を許せば危ういはずだ。

しかし、それも三村にはどうでもいいことである。

適度に忠勤ぶりを示しておき、見返りが得られれば十分なのだ。

この男が喜びとするのは刀を振るい、血を見ることである。天下太平の世で本来ならば許され得ぬ所業に及び、人斬りの快感に打ち震えるのが無上の悦楽なのだ。

なればこそ望んで鳥居に飼われ、腕に覚えの剣技を存分に振るわせてもらえる今の立場に満足しているのだった。


その頃、新大橋の隠居所では小さな祝宴が開かれていた。

会場はいつも皆で飲み食いする囲炉裏端ではなく、憐が寝起きする二階部屋である。

階下の六畳間は幸内の蔵書が山積みであり、宴を催すには甚だ不向きだからだ。

常に掃除が行き届いた部屋ではあるが、七人も揃えばさすがに狭い。男衆が総出で調度品を隅に寄せて広々となった板の間には薄べりが敷き詰められ、遠山が奮発して取り寄せてくれた祝いの膳が並べられている。

上座では、波岡晋助が神妙な顔で膝を揃えていた。

着ているのはいつもの洗い晒した木綿物ではなく、正装の麻裃《あさがみしも》である。月代も青々と剃り上げた、武士らしい姿だった。

隣に座した忍は綿帽子に白無垢《しろむく》姿。政吉が昔馴染みの仕立屋の尻を叩き、手間賃を弾んで急遽縫わせたものである。歯は鉄漿《かね》で黒く染められ、眉も落としてある。憐が付きっきりで世話を焼いて、花嫁らしく調えたのだ。

すでに二人は三三九度《さんさんくど》の杯を交わし、夫婦の契《ちぎ》りを結んでいた。

「お似合いだぜぇ、ご両人」

「下手な半畳《はんじょう》を入れるない、若いの」

ひやかす俊平をどやしつけ、幸内は前に進み出る。

正装用の裃を晋助に提供したので、幸内は奉行所時代の継裃を着けていた。今宵ばかりは俊平も羽織の裾を下ろし、襟をきちんと正している。

「ま、形ばかりで済まねぇが勘弁してくんな」

「滅相もありませぬ、ご隠居……」

恐縮しきりの晋助の隣では、忍が目元を押さえている。

矢部がすべての地位を失ったのに伴い、晴れて彼女は自由の身となった。

そこで幸内は駕籠を差し向け、俊平に付き添わせて新大橋まで連れてきたのだ。

到着するや装いと化粧を改められ、待っていた晋助と対面するに及んだ忍は、喜びの余りに滂沱《ぼうだ》の涙を流したのであった。

「忍さん、白粉《おしろい》が溶けてしまいますよ」

「ありがとう……」

絞った手ぬぐいを差し出す憐に、忍は照れ臭げに微笑み返す。

彼女は実家には戻らず、晋助と共に江戸から離れることを決意していた。

妾は奉公人扱いであり、不始末であるじが縄目を受けた以上、束縛される謂《い》われは何もない。もとより堀口家は娘を売ったに等しく、当人に戻る気が皆無となれば周りは応援するのみである。

生計の手段も、すでに目星が付いていた。

晋助が俊平ともども学び修めた天然理心流は、江戸郊外の武州《ぶしゅう》一円で盛んな剣術流派であり、多摩郡《たまごおり》の富農の中には自費で稽古場を構えて普及に努める者も数多い。

師匠の近藤周助邦武は住み込みで師範代《しはんだい》をしながら暮らしが立つようにと、親しい富農に紹介の労を執ることをすでに約束してくれていたのだ。

「達者に暮らすんだぜ。忍さんを幸せにな……」

「おぬしも憐殿を大事にせい。出稽古にも必ず来てくれよ」

約束し合う剣友同士を、幸内は明るい面持ちで見守っている。

「さーて、ここらでもう一節《ひとふし》ご披露しようかい」

「およしなせぇ、金四郎さん」

勢い込んで立ち上がろうとした遠山の袖を引っ張り、幸内は憐に目配せする。

「さぁさ、皆さん、どうぞ召し上がってくださいまし」

いったん階下に降りて憐が運んできたのは、武家の嘉例《かれい》に則《そく》して搗《つ》いた餅である。本来は嫁迎えの駕籠を屋敷内に招じ入れ、廊下を通り過ぎるときに奉公人の男女が手分けして二臼《ふたうす》搗くのだが、あくまで気持ちだけということで、駕籠が隠居所に着く頃合いに合わせ、政吉と憐で心を込めて捏《こ》ね上げたものだった。

遠山が披露しかけた謡《うたい》を中断されたことには、誰も口を挟まない。お世辞にも美声の持ち主と言い難いのは、先程『高砂《たかさご》』を耳にしただけで理解できているからだ。

「何でぇ幸内さん、言祝《ことほ》ぐよりもぐもぐかい……」

舌鼓《したづつみ》を打ちつつも、遠山は興を削がれてご機嫌斜めの様子である。

「いいじゃありませんかい。目出てぇ席なんですから、明るく明るく！」

その肩をぽんと叩き、幸内はからりと笑ってみせる。

仁杉五郎左衛門との面会を年明けまで遠慮願いたいと牢屋敷側から禁じられ、焦燥《しょうそう》の念を覚えていた幸内も、今宵ばかりは心からの笑顔を見せていた。

だが、若い二人の門出を祝う一同は、迫る悲劇をまだ知らない。

十四

その七日後の十二月二十八日（陽暦二月八日）。

年の瀬も押し詰まる中、鳥居耀蔵は南町奉行所に着任した。

「お目出度うございまする、お奉行」

「うむ」

神妙に挨拶する三村右近に目配せし、鳥居は奥へ誘う。

廊下を行き過ぎるとき、廻方の用部屋では堀口六左衛門が配下一同に檄を飛ばしているのが見えた。

「よいか！　心を同じゅうしてこそ同心であると肝に銘《めい》じ、お奉行の御為《おんため》に精勤するのだぞ!!」

熱の入った物言いだが、受け売りの台詞《せりふ》を声高に言い立てる様は、ただただ滑稽《こっけい》としか思えぬものだった。

通過しながら、ふっと三村は口元を歪《ゆが》める。

その様を目にした鳥居は、さりげなく問いかけた。

「おぬしは聞かずともよいのか？」

「向後はお奉行の御為にのみ動く所存にございますので……」

「それでよい」

鳥居の着任に伴い、三村は定廻同心に抜擢されていた。

とはいえ、通常以上の働きなど、鳥居は最初から期待していない。

表沙汰にはできない、もとより他の同心には任せられぬ探索と殺しさえ遂行してくれれば後は何もせず、昼行灯《ひるあんどん》を決め込んでいてもらって構わない。その旨を三村は了承済みだったのだ。

奉行用の私室は整然と片づいていた。矢部が起き伏ししていた頃の痕跡など、今や何処にも見当たらない。

三村は障子を開き、恭《うやうや》しく鳥居を迎え入れる。

「して、お奉行。始末の儀は何でございましょうか」

「小伝馬町じゃ」

「……揚り屋ですかな」

「左様」

上座から申しつける鳥居の口調は常と変わらず、落ち着き払ったものだった。

筒井、矢部と切り捨てた上は、いよいよ仁杉五郎左衛門も用済みである。そう判じ、三村に刺客《しかく》を命じたのだ。

同心ならば疑われることなく牢屋敷に入り込み、こちらの刀を奪って自害に及んだと見せかけて刺殺するのも容易い。

本来ならば当事者となった同心はおろか、奉行まで過失の責を問われて御役御免になりかねないことだろう。

しかし、三村がわざと日頃から怠慢きわまる態さえ装っていれば、起こるべくして起きた事故と見なされて深くは追及されず、鳥居さえ許せば落着するのだ。

老中首座の水野越前守忠邦は鳥居に期待を寄せてやまず、多少の過失に目を瞑ってくれるのは間違いない。過失死させたのがよほど重要な人物ならばともかく、一介の与力がどうなろうと意に介さぬはずだった。

「年は越しても構わぬ。首尾よう仕上げよ」

「心得ました」

頷く三村の横顔は、絶対の自信に満ちていた。

十五

年が明けて、天保十三年（一八四二）。

陽暦で二月初旬となれば、江戸はまだ寒さの直中である。床が板敷きである上に火の気が一切持ち込めない御牢内となれば、尚のこと厳しい。

万事が金次第とはいえ、小伝馬町牢屋敷では火鉢の使用は厳禁されていた。故意に火事を起こして解き放たれ、そのまま逃亡してしまうことを目論む者が後を絶たないからだ。

やむなく囚人たちは下男に銭を握らせ、一升徳利に熱い湯を詰めてもらったものを湯たんぽ代わりに寒さを凌《しの》ぐしかなかった。

折しも下男が一人、鞘土間を駆けてきた。

身の丈こそ低いが、見るからに気の強そうな面構えをしている。

向かう先は、凶悪犯ばかりが収監されている大牢だ。

「お待たせしやした、先生！」

大牢の前に立つや、下男は元気一杯に呼ばわる。

襤褸《ぼろ》布にくるんで大事そうに抱えた徳利は、ぽっぽっと湯気を立てていた。

栄蔵《えいぞう》、三十四歳。

かつては参造《さんぞう》という名前の、江戸でも人気の花火師だった。

花火を奢侈品として目の敵にする公儀に反抗し、役人に怪我を負わせた咎で死罪を申し付けられたのが、紆余曲折《うよきょくせつ》あって助命され、自ら望んで牢屋敷で働く身となったのである。

負けん気の強さは今も健在の栄蔵が「先生」と呼んで慕う相手は、大牢の荒くれ共も揃って大人しく従うほどの貫禄の持ち主なのだ。

「雑作《ぞうさ》をかけるの、参造……」

昼なお暗い大牢の奥から格子際まで歩み出たのは、面長で頬骨が張り出した金壺眼《かなつぼまなこ》の男だった。二番役以下の子分に持って来させれば済むというのに、牢名主自ら受け取りに出てきたのだ。

垢染みた浅葱色の獄衣姿でも、隠し得ぬ気品が全身から漂い出ている。それは育ちの良さからきているというよりも、真摯な生き様により培《つちか》われたと見なすべき雰囲気であった。

栄蔵は襤褸にくるんだまま、恭しく徳利を差し入れる。駄賃も受け取らず、念入りに沸騰させた湯を満たしたものだった。

「どうってことはありやせん。ですがね先生、今の俺ぁ栄蔵ってんですぜ」

訂正しつつも、こうして役に立てるのが嬉しくて堪《たま》らぬといった面持ちである。

「忝ない……時におぬし、いい加減に足洗いをしたらどうだ？」

謝意を込めて受け取りながら、牢名主は真面目な顔で問いかける。

「そいつぁ、先生が御放免になりなすってからのことでさぁ。御牢内にいらっしゃる限り、俺ぁお側から離れませんぜ」

「無理を申すでない。私は永牢《えいろう》の身なのだぞ……」

軽口を叩かれ、牢名主は苦笑するばかりだった。

高野長英《たかのちようえい》、三十九歳。

幕政批判の咎で終身刑に処されている、高名な蘭学者である。

体調を崩しているらしく、長英の顔色は余り良くない。熱もある様子で、凍《い》てつく獄舎の中で額《ひたい》に汗を浮かべていた。

「冷やしたほうがよろしいんじゃねぇんですかい？　たしか、おかんそくねつってんでしょう」

「頭寒足熱《ずかんそくねつ》じゃ」

無邪気な物言いに、長英はふっと笑みを誘われる。

「医者の不養生と申すが、その通りらしいの」

「先生に限ったことじゃありやせんぜ。こんなとこで寝起きしてりゃ、誰だって身が保《も》つはずがねぇでしょう？」

「まこと、おぬしの申す通りぞ……」

つぶやく長英の双眸《そうぼう》は、やり場のない怒りを宿している。

同房のいかつい男たちも寒さにやられた喉をさすりつつ、憤懣《ふんまん》やるかたない様子で長英のつぶやきに耳を傾けていた。

牢屋敷での日常は、公儀に対する怒りを掻き立てて余りあるものだった。

劣悪きわまる環境の下、体力のない囚人は刑死の憂き目を見る前に次々と息絶えていく。ただでさえ座るのがやっとの狭さの中で、集団で計画的に同房の者を殺害して頭数を減らす行為も横行したが、長英が牢名主となってからは厳しく戒《いまし》め、先走る者が出ぬように目を光らせている。

それでも、力尽きて死んでいく囚人までは救えない。

「せめて湯だけでも、牢内で常時湧かしておければよいのだが……。苛酷な刑に処するばかりで飽きたらず、御上はどこまで皆を苦しめれば気が済むのか……」

「堪《こら》えておくんなさいまし、先生」

慌てて栄蔵は呼びかける。御上、すなわち将軍の批判を牢屋同心に聞き咎められては一大事だからだ。

そのとき、鞘土間の反対側から鈍い音が聞こえてきた。

昨年の十月以来、南町の与力が収監されたままになっている揚り屋だ。

いつの間にか開け放たれていた戸を潜り、一人の同心がよろめき出てくる。

鍵役同心ではない。

黒羽織の裾を帯に巻き込んだ、廻方の者であった。

「い、一大事、一大事じゃ～」

ろれつが回らぬ同心は当番所にも駆け込まず、つまずきながらも一目散に逃げ去っていく。帯前に常時差しているはずの脇差が、鞘ごと抜き取られていた。

揚り屋に目を凝《こ》らした瞬間、長英は驚いて目を剝いた。

「ま、待たれよ！」

同心の背中に投げかけられた長英の叫びが、鞘土間に空しく響き渡る。

他の囚人たちも異変に気づいて騒ぎ出したものの、もはや手遅れだった。

揚り屋に横たわっていた仁杉五郎左衛門は動かない。

骨と皮ばかりに痩せ細り、皺張《しわば》った喉笛を脇差で刺し貫かれ、目を見開いた無念の形相のまま息絶えていた。

第四話　鬼仏走る

一

仁杉五郎左衛門は病死として処理された。

真相を知るのは小伝馬町牢屋敷、そして南町奉行所の関係者のみである。

自害扱いにすれば、現職の同心である三村右近が刀を奪われたという恥ずべき事実が明るみに出て、町奉行の面目が丸潰れになってしまう。

とはいえ、過失を犯した当人に何のお咎めもなしで済ませるわけにはいかない。

三村は早々に御役御免となり、奉行所を追われた。

南町一の腕利きとして犯罪者狩りに剛剣を振るい、検挙率の向上に貢献していた頃ならば当人よりも同僚たちが異を唱え、嘆願《たんがん》の署名を集めてでも現職に留《とど》まらせようと頑張ったに違いない。

しかし、三村を救おうと奔走する者は誰一人として現れなかった。

理由は、彼に対して覚えた不信感である。

昨年末に新奉行の鳥居耀蔵が着任すると同時に、三村は見習い同心から定廻に抜擢された。北町の高田俊平が登用されたときよりも早い、異例の出世であった。

本来ならば大いに奮起し、以前にも増して精勤するべきだろう。

ところが三村は本採用となったとたん、務めを怠り始めた。

毎朝遅刻し、用部屋で執務中に居眠りを決め込むのは、ほんの序の口である。一年のうちで最も忙しい大晦日《おおみそか》の市中見廻りをさぼって料理茶屋で酒を喰らい、除夜の鐘が鳴る頃まで眠りこけていた一件では皆の心証を著しく害したものだ。

酒だけならばまだいいが、博奕《ばくち》と女遊びにも手を出す始末だった。

務めが終わればさっさと黒羽織を脱ぎ、着流しに小脇差を一振り帯びただけの装いになって諸方の賭場《とば》や岡場所に足を運び、夜通し鉄火場《てっかば》で過ごした翌朝は煙草《たばこ》、色町で現《うつつ》を抜かして朝帰りをしたときには白粉の臭いをぷんぷんさせたまま、無精髭《ぶしょうひげ》など生やして出仕に及ぶ体たらくである。

お手の物のはずの捕物御用も、手を抜き放題だった。

探索を命じられても時間ばかり費やして埒が明かず、いざ呼集が掛かっても何処かに行っていて出役《でやく》の時間に間に合わない。

先輩同心と小者たちが凶悪犯を相手に手傷を負いながら捕縛を終えたところに臆面《おくめん》もなく顔を出したり、珍しく間に合ったかと思えば矢面《やおもて》に立つのを嫌がり、決して前に出たがらぬ始末である。ついこの間まで多勢の賊《ぞく》を単身で相手取り、まとめて斬り捨てていたとは思えぬ軟弱ぶりだった。

　見習いの頃の派手派手しい活躍は本採用になるための点数稼ぎにすぎず、今や正式に登用されたのだから昼行灯を決め込み、楽して扶持《ふち》さえ頂戴できればいい。そんな打算をあからさまに感じさせる、ふざけた態度の数々であった。

　牢屋敷での失態も、以前の三村ならば考えられなかった話である。

脇差を腰間《ようかん》から抜き取られてしまったこともだが、小伝馬町を訪れた理由そのものがくだらない。

　投獄された仁杉五郎左衛門の吟味は奉行所ではなく、直参の旗本・御家人の犯罪を取り締まる目付に委《ゆだ》ねられていた。もはや関わってはならないのに、三村は元年番方与力に嫌味を言ってやろうと思い立ち、あまつさえ酒気まで帯びて千鳥足《ちどりあし》で訪問するに及んだのだ。

　町方より格下の牢屋同心としては相手が酔漢《すいかん》であっても断り切れず、面会を許してしまったという。

　鳥居が問い質したところ、三村は高潔な人格者として振る舞っていた五郎左衛門の現職の頃の態度をずっと腹立たしく思っており、御牢内で二人きりになって、思い切り貶《おとし》めてやりたかったと白状したらしい。

実に子どもじみた発想である。

そんなくだらぬ理由で三村はわざわざ小伝馬町まで出向き、生真面目な五郎左衛門を自害させてしまったのだ。

立場の上下の別を問わず、人をとことん信じ抜くのを信条とする人物だっただけに、入牢して気が弱っているところに同じ南町の同心から散々悪罵を浴びせられ、絶望したとしても無理はない。手こそ下していなくても、三村が五郎左衛門を死に追いやったようなものだった。

これでは筆頭同心の堀口六左衛門も庇いきれない。

悪事の仲間として有能さを知っているだけに、あの三村が一体どうしたことかと首を捻りながらも配下一同の手前、哀れみつつも見放さざるを得なかった。

まさか自分一人が蚊帳《かや》の外に置かれ、三村が鳥居の指示で動いたとは知る由もないことである。

御役御免にされた当日の夜、三村はいつもの料理茶屋で鳥居と落ち合った。

「これにて一件落着じゃ。大儀であったの」

「恐れ入りまする」

巻羽織と黄八丈を脱いだ三村は、こざっぱりした唐桟《とうざん》に装いを改めていた。大小の二刀も拵えを取り替え、地味な黒鞘から小洒落《こじゃれ》た蛭巻鞘《ひるまきさや》になっている。用心のために茶屋に着くまで深編笠《ふかあみがさ》で顔を隠し、鳥居との密会を気取《けど》られぬようにする備えも忘れはしなかった。

　鳥居の指示を受けて行った芝居は完璧であり、誰もが仁杉五郎左衛門の死因を自害と見なして疑わずにいる。自ら評価をがた落ちにした末に失態を犯した愚か者に同情を寄せる者など一人もいないまま、三村は退職するに至ったのだ。

　まさに思う壺である。

　もしも三村が優秀な同心だった頃のままで五郎左衛門殺しを実行していたら、あの切れ者が弱り切った相手に脇差など奪われるはずがないと不審がられ、これは確信犯なのではと見なされてしまう恐れも多分にあった。

　そこで鳥居は廻方に登用されたらすぐに駄目同心となり、周囲から昼行灯としか思われなくなったのを見計らって暗殺を決行せよと因果を含めたのだ。

　三村を南町に送り込んだのも、元はといえば筒井と矢部を相次いで町奉行の座から引きずり下ろし、鳥居が奉行職に就くための策にすぎない。

　当の三村にしても役目をすべて終えたのだから、馘首《くび》になったところで痛くも痒《かゆ》くもありはしない。

　五郎左衛門を殺す理由について、特に問い質しはしなかった。

　雇い主の本音を不必要に追及せぬのが三村の信条である。余計なことを知りすぎて自分が始末される憂き目を見ては元も子もないし、何も知らねばこそ非情に事をなすのも可能だからだ。

もともと南町奉行所は密偵として潜り込んだ仮の職場にすぎず、愛着など一片とて抱いてはいなかった。なればこそ皆が敬愛してやまなかった名与力を、命じられるがままに刺殺してしまうこともできたのだ。

鳥居は陰扶持で三村を召し抱え、引き続き活用するつもりである。

幕政の改革が本格始動すれば、市中の奢侈禁制を強化しなくてはならない。しかし、華美な衣服や宝飾品は相変わらず出回っており、南町の盆暗《ぼんくら》な与力や同心、その配下の岡っ引きどもに取り締まりを命じたところで一向に埒が明かずにいた。

足りぬ手を補うには別途、有能な探索要員を使役するしかない。

鳥居は直属の密偵を老若男女、幾十人も召し抱えている。南町奉行の職を首尾良く勤め上げ、更なる出世を遂げるためには三村のような手練が必要なのだ。

「向後とも、よしなに頼むぞ」

「心得ましてございまする」

謹《し》んで頭を下げ、三村は酌《しゃく》を受ける。

痴れ者を装っていたのはあくまで芝居にすぎず、素《す》に戻れば鳥居の擁する密偵たちの中でも指折りの腕利きである。

それだけに鳥居も厚遇しているわけだが、杯を空けると同時に所望されたのは些《いささ》か面食らうことだった。

「つきましては殿、お願いの儀がございまする」

「……金か」

じろりと見返す鳥居の視線は冷たい。

必要となれば出費に糸目をつけなかった矢部に対し、この男は吝《しわ》い。がっつくことをしない代わりに実入りと費《つい》え――収入と支出の折り合いを常に考え、確実な金遣いを心がけている。悪事を働く一方で、御算用者の如き感覚を備えていた。

なればこそ、如何に功労者といえども過分な報酬は渡さない。

「ご案じなされますな」

雇い主に微笑み返し、三村は言った。

「拙者が所望は金子には非ず。これより先の住処《すみか》にござる」

「おぬしならば、何処に身を潜めようとも大事はあるまい？」

鳥居は怪訝そうに問い返す。

こたびの企みに加わらせる以前から使役してきた三村右近は一度として、その正体を気取《けど》られたことがなかったからだ。

もとより密偵とは非公式な存在であり、正規の配下である御小人目付と違って公《おおやけ》の肩書きを持っていない。雇い主の鳥居としては、邪魔になれば切り捨ててしまえる手駒にすぎなかった。

むろん有能ならば続けて使役するのだが、いちいち住まいまで世話をしてやることはしない。市井《しせい》の民に紛れ込ませて好き勝手に生活させておき、必要なときに招集を掛けるのみである。それを三村は、あえて斡旋《あっせん》してほしいと言っているのだ。

一体、何を考えているのだろうか。

余人ならば最初から相手にもしないが、ふだんは余計なことを何も言わずに役目をこなす男の申し出だけに、鳥居は気にかかった。

「はきと申せ、三村」

「よろしゅうございまするのか？」

「聞かずして答えは言えぬ。早うせい」

「されば、申し上げまする」

促されるや、三村は話を切り出した。

「首尾よう南のお奉行となられし殿の御用を向後も承《うけたまわ》ります上は、是非ともお側に住まわせていただきとう存じまする」

「何と申す？」

鳥居は思わず目を剝き、三村に問い質した。

「奉行所内に居着くと言うたのか、おぬし」

「御意《ぎょい》」

澄ました顔で三村は言葉を続ける。

「さすれば殿の御用をいつ何時《なんどき》でも、速やかに承ることが叶いましょう」

「ふむ……」

もっともらしい言い訳だが、それだけが理由ではあるまいと鳥居は判じた。

奉行所内と言っても、むろん表の役所に住むことはできない。裏の役宅——鳥居と家人たちが住み暮らす空間の一隅に、寄宿したいと言っているのだ。

たしかに裏で暮らしていれば、顔を知られている与力や同心と鉢合わせをする恐れはない。立ち入ることができるのは鳥居自身と妻子、そして家臣の中から選んだ内与力たちのみだからだ。

堀口六左衛門ら一般の同心など、こちらが許しを与えぬ限りは一歩も踏み入ることが不可能な、実に安全な場所なのである。

「……三村」

暫し思案した末、鳥居は口を開いた。

「おぬし、狙われる覚えがあるのだろう」

「お判りになりまするか」

「他に理由《わけ》などあるまい。違うか？」

「ご明察」

　ふっと三村は苦笑する。しかし、その目は笑っていなかった。

　やがて迫り来るであろう敵の実力を、冷静に推《お》し量っていたのである。

「あの隠居与力に付きまとわれては面倒にございますれば、当分の間は身を隠させていただきとう存じまする」

「宇野幸内のことか」

「左様にござる」

「馬鹿な。隠居の身で、何ほどのことができると申すのだ」

「されど殿、あやつの手駒は侮れませぬぞ」

「手駒と申せど、北町の高田とか申す定廻同心ばかりであろう？」

「いえ、あの若造のみならず、地回りに博徒といった有象無象《うぞうむぞう》の輩を擁しております。高田の岡っ引きを務めおるのも斯様な輩の仲間にござれば、常は頼らずとも必要となれば即、動かし得る手蔓《てづる》を持っておるのです」

「そやつらを宇野が走らせ、おぬしの行き方を捜し求めるとでも申すのか」

「御意。なにぶん拙者は殿が絵図を描きし謀《はかりごと》の生き証人にございますからな。生きたままにて拘引《こういん》し、裁きの場に引きずり出す所存でありましょう」

「ならば返り討ちにしてやれい！」

鳥居は苛立たしげに言い放った。常に冷静な彼らしからぬ態度である。

「その腕は飾りか？　宇野も高田も、有象無象もまとめて血祭りにせいっ」

それでも三村は黙ろうとせず、堂々と告げてくる。

「よろしいのですかな、殿。拙者があやつらの手中に落ちた上は、黙して語らぬとは限りませぬぞ」

「む……」

なぜ三村が強気で物を言っているのか、鳥居はやっと理解できた。

鳥居はこの三村を使役し、邪魔者の仁杉五郎左衛門を亡き者にした。自害を病死と偽装する裏で、実は刺殺させていたのである。

宇野幸内がその真相を見抜いたとき、まず狙うのは三村の身柄だろう。今や南町奉行となった鳥居に手を出すことなど不可能だからだ。

万が一にも血迷って刃を向けてきたならば鳥居自身の生き死にに拘わらず、幸内にも明日はない。昵懇《じっこん》の仲である北町の遠山も庇《かば》い通せず、同じ町奉行として鳥居に協力せざるを得まい。

しかし、三村を押さえられてしまってはまずい。

生き証人の自供によって暗殺の事実が露見すれば、如何に鳥居が老中首座のお気に入りといえども失脚するのは目に見えている。それだけは、何としても防がねばならなかった。

「されば、何時《いつ》まで奉行所内におるつもりなのか」

「宇野が大人しゅうなるまで、様子を見させていただきまする。いずれ機を見て始末いたしますれば、ご安堵くだされ」

何とも漠然とした答えであったが、鳥居としてもそうせざるを得なかった。

幸内が動き回っている限り、安心はできかねる。いっそ消してしまえればよいのだが、老いたりとはいえ相手は小野派一刀流の手練。御小人目付の精鋭十余名を一人で斬り伏せた技倆は侮れない。

あの男と一対一で抗し得るのは、この三村右近ぐらいのものである。

ならば当人がその気になり、幸内との一騎討ちに及ぶのを待つしかあるまい。

馘首にしたはずの元同心が奥で起き伏ししていれば、家人や内与力たちはさぞ不審がることであろうが仕方あるまい。口止めをし、表に漏れぬようにさせて様子を見るのが賢明なやり方であると鳥居は思い至った。

「相判った。好きにせい」

「忝のう存じ上げまする」

三村は深々と平伏し、謝意を申し述べる。

当面の身の安全を保障され、しばらくの間は骨休めに徹するつもりであった。

二

大川を吹き渡る風は未だ冷たい。

畑の土入れを終えた宇野幸内は、隠居所の縁側で一息吐いていた。

「春まだ遠し……かい」

憐は台所で茶の支度をしてくれている。

天保十三年（一八四二）の一月も半ばを過ぎていた。

陽暦ならば二月の下旬である。庭の桜も躑躅も、開花するのは来月の後半まで待たなくてはならない。

正月早々の葬儀以来、幸内は喪に服している。一切の生臭物を摂《と》らず、通夜の後は酒も断ったままである。三度の飯より好きな読本を手に取ることもせず、春の種蒔きに備えた畑の土入れを淡々とこなすばかりの日々だった。

幸内の表情は暗く、眉間《みけん》に刻まれた縦皺は深い。

非業《ひごう》の死を遂げた朋友《とも》のためには、まだ何もできずにいる。

死因が病《やまい》などではなく、定廻同心の三村右近から脇差を奪い取っての自害だというのはすでに調べがついていた。

容易に突き止め得た事実ではない。

南町奉行所は末端の小者に至るまで揃って口が堅く、部外者の俊平や政吉はむろんのこと、幸内が出向いても病死と言い張るばかりである。

ここは俺に任せろと遠山が乗り出し、江戸城中で奉行同士の話として鳥居に探りを入れてみても取り合ってはもらえず、今になって何をお疑いなのですかと涼しい顔ではぐらかされるのみで、一向に埒が明かなかった。

そこで幸内は俊平と共に小伝馬町の牢屋敷まで足を運び、現場を牢格子《ろうごうし》越しに目撃していた高野長英らに証言を求めたところ、南町奉行所の一同がひた隠しにする事実が判明した。

揚り屋からよろめきながら飛び出してきた三村右近は帯前に差していたはずの脇差が鞘ごと消え失せており、仁杉五郎左衛門はその脇差で喉を刺し貫いて息絶えていたというのである。

旧知の栄蔵にも探ってもらったところ、牢屋敷の同心衆は速やかに脇差を回収して亡骸とは別に運び去ったとのことだった。

当然の措置であろう。

南町から預かった囚人を、しかも元年番方与力を自害させてしまったとなれば牢屋奉行の石出帯刀《いしでたてわき》は管理の不手際を問われる。それを防ぐために唯一の証拠である脇差をいち早く確保し、鳥居と内密の交渉に及んだと見なしていい。

病死ということで処理すればお互いに責任の回避が叶い、事態は円満解決するからだ。醜聞《しゅうぶん》を避けたいのは南町も牢屋敷も同じであり、思惑が一致すれば協力し合うのも当然だった。

双方の長《ちょう》が手を組んでいれば、囚人と下男の証言など取り上げられる可能性は皆無だろう。三村右近の失態は隠蔽《いんぺい》され、仁杉五郎左衛門は刑が確定する前に、表向きは病で急逝《きゅうせい》したことにされてしまったのだ。

死人を仕置（処刑）するわけにもいかないため、目付から送検された旗本・御家人の犯罪を裁く評定所では、九代続いた町方与力の仁杉家の処遇と、二人の息子まで連座して罪に問うか否かについてを目下審議中だった。

「このままじゃいけねぇよな、仁杉よぉ……」

亡き朋友に向かって、幸内は淡々と問いかける。

仁杉家の今後を考えれば、自害だったと天下に公表するべきだろう。死を以て身の潔白を証明し、家の名誉を守らんとした行動に違いないと見なされて、裁きにも自ずと手心が加えられるからだ。

そのために遠山は奔走し、何とか自害扱いにすることで仁杉家と息子たちに有利な裁きが下るように頑張ってくれているが、鳥居はもとより牢屋奉行の石出も交渉には応じてくれぬままだという。

幸内には手が出せぬ問題である。

せめて三村右近の居所さえ突き止めることができれば捕らえて事実を吐かせ、生き証人として評定所に引きずり出すところだが、奉行所を馘首になって早々に組屋敷を引き払い、姿を消してしまっていた。

俊平と政吉が必死になって捜しているが、まだ見つかっていない。幸内も現役の頃に目を掛けていた深川の博徒衆に頼み込み、大川東岸の一帯をくまなく調べ廻ってもらっていたが、未だ手がかりは得られぬままだった。博奕と女遊びに現《うつつ》を抜かしていた頃に出没していた賭場と岡場所に重点的に網を張ってもらったものの、まったく姿を見せぬという。

三村がかくも早急に行方を眩《くら》ませたことから察するに、あるいは鳥居の意を汲んで五郎左衛門を殺害したとも考えられる。

生前の性格を鑑みれば、仁杉五郎左衛門は吟味を受ける前に自ら命を断ってしまうような男ではないからだ。

御救米買い付けにおける独断専行が有罪と見なされ、たとえ極刑に処されることになろうとも命乞いをしたりせず、何故に自分は事をなさねばならなかったのかを堂々と申し述べた上で、臆することなく刑場に赴いたであろう。

そうされていたならば、鳥居は都合が悪かったはずである。仁杉五郎左衛門は罪人ながら天晴《あっぱ》れな、さすがは死ぬまで誠を貫く名与力だったと世に喧伝《けんでん》され、その死を惜しむ声まで上がりかねないからだ。

もとより五郎左衛門は私利私欲のためにに不正をなしたわけではなく、御用商人から追加で得た御用金や米買い付けの差益を、一文とて着服していない。

かかる事実まで当人の自供によって明らかになれば、さすがに鳥居を庇護する老中首座の水野越前守忠邦も庇いきれず、なぜ無理無体に御用鞭（逮捕）にしたのか、その真意を問い質さなくてはなるまい。

ただでさえ鳥居耀蔵は目付の頃から変わらぬ非情な奴と憎まれており、新たに受領した甲斐守《かいのかみ》の官名に本名を引っ掛けて「耀甲斐《ようかい》」などと呼ばれつつある。

五郎左衛門を南町の名与力のまま死なせては不利であり、証言に及ぶ前に消してしまう必要性が多分にあったのだ。

だが、憶測だけで行動を起こすわけにはいかない。

確たる証拠を摑むことなく、性急に復讐になど走ってしまえば、亡き朋友の無実を証明することもできないからだ。

「……………」

落葉した一本桜を見上げる、幸内の視線は切ない。

満開は、ちょうど四十九日を迎える頃となるはずだった。

三

その頃、高田俊平は小伝馬町に足を向けていた。

黄八丈の裾を寒風にはためかせつつ、大路をずんずん突き進む。

私的な探索にばかり付き合わせてはいられぬため、政吉には築地界隈の見廻りを任せてきた。そして、自分は今一度、仁杉五郎左衛門の死亡現場を検証し、本当に自害であったのか否かを調べ直すつもりなのだ。

頭から疑ってかかろうとせず、人を信じることから入るのを信条とする宇野幸内は三村右近についても先入観を持たず、まず身柄を押さえた上でなくては始まらないと言っている。しかし、当人が雲を霞《かすみ》と消えたままでは、それも不可能な話であった。

(鳥居の野郎、逃がしやがったな……)

俊平は怒りを募らせていた。

若い自分には幸内や亡き五郎左衛門のように、人をまず信じることから入るという達観した姿勢はやはり持てそうにない。

人は信じられぬものだとしか、今は思えずにいる。

鳥居耀蔵は牢屋奉行の石出帯刀と共謀し、三村の過失を隠蔽した。

この一点を取っても、人の言葉や態度、とりわけ権力の座に就いている者は信用するに値しないと言えよう。

敬愛する人物の死の真相を、連中は自分の都合で隠してしまっている。

（ふざけやがって……！）

町方の一同心にすぎぬ、わが身の無力さが腹立たしい。

十手を向けられぬ相手となれば、刀で決着をつけるのもやむを得まい。俊平はそこまで思い詰めつつあった。

「お久しゅうござんす、高田の旦那！」

俊平の姿に気づいた栄蔵は、懐かしそうに呼びかけた。俊平とは、まだ参造と名乗っていた頃からの付き合いである。

「高野先生はいるかい？」

「何処ぞにお出でになりたくたって、どうにもならねぇ御身《おんみ》ですからねぇ」

苦笑しつつ、栄蔵は先に立って鞘土間を進んでいく。

高野長英は大牢内で囚人一同を相手に、手習いの授業をしている最中である。

机などないため、みんな床に正座して筆を進めていた。ふだんは限られた畳の上に陣取る二番役以下の牢役人の面々も下に降り、神妙な顔で半紙と向き合う。髭面《ひげづら》のいかつい男たちが垢染みた獄衣の襟をきちんと正し、真面目に習字をする様は娑婆《しゃば》ではお目にかかれぬ光景だった。

死罪か遠島《えんとう》の凶悪犯ばかりが入れ替わり立ち替わり収監される大牢は、本来ならば喧嘩沙汰や陰湿な私刑が絶えない現世の地獄である。何かの間違いで罪を犯した気弱な者が送り込まれればたちまち標的にされてしまい、命のツルと称する上納金を隠して牢内に持ち込んだり、縁者に頼んで届けてもらえなければ手加減もされぬまま、公儀の裁きが下る前に命を落とすこともしばしばだった。

ところが三年前の天保十年（一八三九）、市井の一蘭学者でありながら知勇兼備の長英が終身刑で入牢し、その知性と腕っぷしの強さを認められて牢名主となってからは風紀がすっかり改まり、囚人たちは刑が確定するまで心静かに時を過ごすことができるようになっていた。

長英の指導は行き届いたものであり、入牢した当初は仮名文字さえ読めずにいた者が土壇場《どたんば》へ引きずり出される頃には辞世《じせい》の一句が詠《よ》めるほどになっているため、牢屋与力も同心もすっかり感心し、今では長英が囚人たちに紙と筆を取り寄せてやるのを黙認している。

牢破りの道具を密かに手配したり、危険思想と公儀が見なした持説を一同に吹き込んだりすれば見逃せぬところだが、無筆の者に字を教えたり歌道の手ほどきをしたりするのは何の問題もなく、長英に懐《なつ》いている下男の栄蔵に世話役を任せていた。

俊平は邪魔にならぬように、声を掛けずに暫し待っていた。

程なく長英は授業を終えて、牢格子際まで出てきてくれた。

「お待たせいたした、高田殿」

頬骨の張った顔をこちらに向け、長英は柔和な笑みを投げかけてくる。

蘭学を一方的に弾圧し、公儀に対する叛意《はんい》の有無を問わず学友たちを捕縛して廻る町奉行所を嫌い抜いてきた長英だが、一途な熱血漢の俊平のことは初対面のときから気に入っているらしかった。

「して、本日は何の御用かな」

「先生の慧眼《けいがん》を信じて、今一度お尋ねしてぇんだ」

俊平は前置きをせず、ずばりと問いかけた。

「あんた、仁杉様がどうして自害なんぞしなすったと思う?」

それは一廻り（一週間）以上も前、幸内と共に訪ねてきたときとまったく同じ質問だった。あの傑物が裁きの場で己の意見を述べる折を待たず、二月ばかりの牢内での日々に疲れ果てて死に急ぐとは、俊平にはどうしても考えられなかったからだ。

暫時《ざんじ》の間を置き、長英はじっと金壺眼で見返す。

「……あの御仁とは親しき間柄だったのか、高田殿」

「ああ。宇野のご隠居と同じぐれぇにな」

答える俊平の口調は、ぴんと張り詰めている。

所属こそ違うものの、南町の名与力だった二人には多くの助言を授かり、無鉄砲なばかりの自分を一人前の同心に育ててくれた恩がある。

その恩人の一人が真相不明のまま空しくなり、遺された幸内も覇気を失っている今、若い自分が奮起しなくてはと思い詰めていた。

自分が冷静さを欠いていることに、俊平は気づいていない。

しかし、長英は敢えて宥《なだ》めようとはしなかった。

「して、どうあっても真相を知りたいと申されるか」

「だからあんたを訪ねてきたのさ。糞役人どもの言ってることなんか鵜呑《うの》みにできるもんかい」

「されど、おぬしも役人であろう」

「こうして十手棒をぶら提げてんのが、今は嫌になってきてるよ」

「なるほど……高田殿らしい物言いであるな」

長英はふっと相好《そうごう》を綻ばせた。

「時におぬし、仁杉殿の亡骸は拝んでおるのか」

「通夜のときに拝見したよ……喉の傷は、見事な一突きだったぜ」

「さほどに見事であったのだな？」

「念を押すにゃ及ばんぜ。度胸だけでなく手の内がよほど決まってなけりゃ、ああは刺し貫けねぇさ」

剣術修行者としての所見を踏まえ、俊平は断言する。

「おぬしがそう申すならば、間違いはあるまい」

頷いた上で、長英はおもむろに告げた。

「仁杉殿は覚悟の自害には非ず。明らかな殺しにござる」

「え……」

確信を帯びた表情から一転し、俊平は呆然とした顔になった。

「何故《なぜ》そう言い切れるんだい、先生？」

「この牢格子越しに日々拝察したところ、あの御仁は弱り切っていた。常に折り目正しゅう立ち振る舞ってはおられたが、実のところは座しておるだけでも辛かったことであろう。斯様な様で、咄嗟に喉を突く芸当などなし得るとは思えぬ」

「じゃあ、南町の三村が脇差を抜き取られたってのは偽りなのかい？」

「左様。目の当たりにしたわけではないが、十中八九、あの者が瞬時になした所業と見なしてよかろう」

「馬鹿な……同心が与力を手に掛けたってのか」

　さすがに俊平も、我が耳を疑っていた。

「あんたはご隠居と俺に、あれは自害だって言ってただろうが？」

「偽りを申したのは謝る。さすれば武士の一分が立ち、ご遺族の方々も少しは愁眉《しゅうび》を開くことが叶うであろうと思うたのでな……。されど高田殿、あの御仁は病死の扱いとなったのであろう？」

　長英は栄蔵を介し、五郎左衛門の死因が自害ではなく牢内にて病を得たためと断定されたことを伝え聞いていた。

　三村による刺殺説を唱えるよりも仁杉家の名誉が回復することを優先し、敢えて嘘を吐《つ》いたことも効を奏さなかった以上、俊平に真相を明かすより他にないと考えを改めたのだ。

「かくなる上は三村とやらを捕らえ、生き証人にせい、高田殿」

「もう先《せん》から捜し廻ってるよ。まさか仁杉様を手に掛けやがったとまでは、考えが及ばなかったがな……」

　俊平は溜め息を吐いた。

　今度こそ長英は真実を言ってくれているのだろうが、にわかには信じ難い。

それに今一つ、解せない点があった。

「先生、あんたは仁杉様が弱り切っていなすったって、さっき言ったよな」

「左様」

「そいつぁ稀有《けぶ》（奇妙）だぜ」

即答された俊平は、疑わしげに問い返す。

「お前さん方みてぇな大牢や二間牢入りの衆ならいざ知らず、仁杉様がいらしたのは揚り屋だ。待遇もぐんといいはずだろうが？」

「さに非ず」

首を振り、長英は気の毒そうにつぶやく。

「食事ひとつを取っても、酷《むご》い有り様にござった」

「どういうこったい」

俊平は訳が判らなかった。

牢内の食事は朝夕に二度。飯と味噌汁、大根の粕漬《かすづ》けという献立はどの牢でも同じであり、一人当たりの白米の量は日に四合半とまで定められていた。

それに揚り屋へ収監された武士にはきちんと膳で供されており、独房には横暴な牢名主など君臨しているわけではないので、飯も汁もピンハネされることはない。

成人男性が生きていくのに必要とされる最低限の栄養が摂取できていた以上、いざというときに体が動かぬはずはない。まして若い頃から剣術と捕物術、さらには砲術の稽古で鍛え抜いてきた五体は常人より頑健であり、容易にへこたれるとは考え難かった。

かかる俊平の所見は、続く長英の一言で打ち砕かれた。

「塩むすびと僅《わず》かな塩汁を日に一度のみ。斯様な食事ばかりで過ごすことを強《し》いられし上は、刀を取る力など出るはずもござらぬ。見るも気の毒なほど、痩せ細っておられたのはおぬしとて承知の上であろう」

俊平は絶句した。五郎左衛門は自らの意志で痩せ細ったわけではなかったのだ。

五郎左衛門との面会は入牢して早々に一度許されたのみであり、変わり果てた姿で八丁堀の組屋敷に戻されるまで会えずにいた。もしも頻繁に面会できていれば殊更《ことさら》に口にせずとも察しをつけ、憐にお手製の料理を詰めた重箱でも用意してもらって飢えさせずに済んだことだろう。

たとえ牢屋の同心たちが一種の拷問と言うべき食事制限を課していても、こちらの目の前で箸を付けてもらえば確実に胃の腑《ふ》に収まり、苛酷な状況を切り抜けることも可能だったに違いない。

「無駄であったろうよ」

そんな俊平の後悔を聞かされても、長英は淡々と答えるばかりであった。

「日に日に痩せ衰えていかれるのを案じられ、北のお奉行が足を運んでこられるたびに餅菓子など差し入れておられたが、引き上げられし後には毎度《まいたび》取り上げられるのが常にござった」

「口に入ったもんまで、かい？」

「お奉行が目の前で食させた折には、後から責め立てて吐かせておった。さすれば胃の腑《ふ》には届かず、身を養う滋養《じよう》とはならぬからの」

「そいつぁ、ぜんぶ牢屋同心どもがやったことかい……」

「急くでない、高田殿」

思わず佩刀の鯉口を切りかけた俊平を押し止め、長英は言った。

「牢屋敷の役人衆は何者かの言いなりであったのだろう。胡乱な侍どもが、常に目を光らせておったからな」

「その腐れ外道は、一体何者だいっ⁉」

語気も荒く、俊平は問う。

後先を見失って刀を抜くことまでは思いとどまったものの、許し難い所業を命じた外道を捨て置くまいと皆を決していた。

「落ち着け」

淡々と諭した上で、長英は言葉を続ける。

「察するに、あれは公儀の御小人目付……。某《それがし》と尚歯会《しょうしかい》の皆が市井におりし頃、捕縛せんと付け狙っておった連中だ」

「目付、だと？」

「見覚えのある顔が幾つもあった故、間違いはござらぬ」

「……」

俊平は沈黙を余儀なくされた。

御小人目付を自在に動かすのみならず、牢屋敷にまで干渉し得る者となれば自ずと黒幕は絞られてくる。

かつて辣腕の目付として配下を総動員し、長英ら高名な蘭学者を無差別に検挙した功により、老中首座の水野越前守忠邦の覚えも目出度く、今や南町奉行にまで出世を果たした鳥居甲斐守耀蔵——あの耀甲斐を措いて他に、そこまで陰湿な手段を駆使して、仁杉五郎左衛門を追い込む理由のある者はいなかった。

「高田殿？」

長英が止める間もなく、俊平は脱兎《だっと》の如く駆け出していく。

牢が連なる鞘土間には、昼日中でもほとんど陽が射さない。

薄暗い通路を駆け抜けながら、熱血同心の怒りは燃え盛っていた。

四

牢屋敷を訪ねた日の夜、俊平は寝るのも忘れて考えを巡らせた。

長英がもたらしてくれた情報は辻褄が合っていた。

五郎左衛門が死ねば審理の手間が省け、矢部の裁きに評定所は専念できる。

鳥居としては両名共に公儀が仕置をしてくれるように事を運びたかったのだろうが、優先度が高いのはやはり矢部だろう。それに五郎左衛門を生かしたまま審理の場に出させてしまっては余計なことを喋られ、下手をすれば裁きが覆《くつがえ》る恐れもある。

そう考えれば矢部のみを生かしておき、五郎左衛門を暗殺したのも得心がいく。

（耀甲斐の野郎、仁杉様の人徳を恐れてやがったんだろうな……）

仁杉五郎左衛門が敵対する者にさえ情けを掛け、とことん信じ抜こうとする奇特さを失わぬ人物であることを俊平は知っていた。

ましてや共に囚われの身となった以上は恩讐《おんしゅう》を捨て去り、少しでも罪が軽くなるのを願って矢部のために雄弁を振るうのを厭《いと》わない。五郎左衛門は、そんな人物であった。

しかし、斯様な真似をされては鳥居の思惑通りに事は運ぶまい。

ために先んじて始末し、速やかに矢部の流刑を確定させようと思い立ったとしても不思議ではないだろう。

（ふざけやがって!!）

何としても実行犯の三村を捕らえ、生き証人として鳥居の前に引きずり出してやらねばなるまい。

かくして俊平は皆を決し、三村右近の追跡に一層注力し始めたのだった。

牢屋敷を訪ねた日以来、俊平は持ち場の見廻りを政吉に任せきりにして、江戸市中を駆け回った。五郎左衛門を葬り去った三村の身柄さえ確保すれば、鳥居とて言い逃れはできまい。そう念じての奔走だったが、居場所は見出せぬままである。

政吉の話によると昔馴染みの地回り連中も、幸内が懇意にしている深川の博徒衆もまだ手がかりすら摑めていないという。

「本気で調べてくれてんのかい、とっつぁん!?」

「焦っちゃいけやせんぜぇ、旦那」

築地本願寺の境内で落ち合った俊平の態度に戸惑いつつ、政吉は懸命に宥める。

手を尽くした上で報じたことに難癖《なんくせ》を付けられて、面白かろうはずがない。しかし、今は激昂する若者を落ち着かせ、冷静になってもらわねばならなかった。

俊平がどうしてここまで焦るのか、政吉には正直なところ理解し難い。

協力者の面々は、実に良くやってくれていた。

市中の岡場所を中心とする町人地は言うに及ばず、武家地にも抜かりなく探索の手を及ばせている。本来ならば町民には出入りが許されない武家屋敷でも、中間部屋に立つ賭場なら容易く聞き込みをすることができるからだ。

捜す相手が浪人あがりの用心棒であれば、中間たちも自分が付き合いのある先生ではないかと考えて協力を拒むところだが、御役御免になったばかりの町方同心くずれとなれば何の利害関係もないため、銭を掴ませれば是非もない。今のところめぼしい情報は得られていないが、三村右近が顔を見せれば直ぐに知らせてもらえるように網を張り巡らせてある。

賭場は武家屋敷の中間部屋ばかりでなく、寺社でも開帳される。

檀家《だんか》の少ない貧乏寺は日を決めて本堂を博徒一家に開放し、寺銭《てらせん》と称する場所代を受け取っていた。寺社奉行の管轄下に置かれていて町奉行所の手入れを喰らう恐れがないため、客は安心して博奕が打てる。

三村が油断して顔を出す可能性も多分にあると政吉は見なし、昔の悪《わる》仲間だった地回りの親分たちに張り込みを頼んでいた。

そうやって探索に従事させていれば、自ずと少なからぬ活動費が入り用になる。

しかし、皆は一文も請求しようとしなかった。

現役だった頃の幸内に幾度も目こぼししてもらったことを恩義に感じている博徒と地回りの面々は率先して身銭を切り、探索の礼金を頑《がん》として受け取ろうとせずに力を尽くしてくれていたのだ。

にも拘わらず、俊平は感謝する素振りすら見せずにいる。彼自身も必死なのは重々判るが、焦る余りに謝意というものを忘れてしまっているのだ。

悪党どもに謀殺された仁杉五郎左衛門が、市中の民たちを米不足から救うためになしたことを罪に問われて縄目を受けた、気の毒な人だというのは承知の上である。

だが政吉ら市井の協力者たちは、顔も知らぬ南町の元与力のために動いているわけではない。長年世話になってきた宇野幸内と、荒削りな若者ながら将来が期待できる高田俊平のためにと思えばこそ、骨惜しみをせず頑張っているのだ。

されど、当の俊平は我が儘《まま》勝手である。

「とっつあんたちが当てにならなきゃ、俺が動き回るより仕様がねぇやな。見廻りを頼むぜ」

言いたいことを言って駆け出す背中を、政吉は舌打ちを堪えて見送る。

「……いい加減にしなせぇよ」

気心の知れた彼でさえ、堪忍袋《かんにんぶくろ》の緒が切れそうな心境だった。

しかし、政吉にも年の功というものがある。

このところの態度に苛立ってはいても、俊平に無茶をさせたくはないという想いも変わらず強い。

あの若者は善《よ》くも悪くも一本気だ。

思い込んだら命懸けであり、とことん突っ走ってしまう性分なのである。

剣の腕も申し分なかった。人格と同様に荒削りながら、刀を得物として打ち振るう術《すべ》が身に付いている。

大小の二刀を帯びていても抜き差しさえ覚束《おぼつか》ない、町民たちから二本棒と小馬鹿にされるような若侍たちと比べれば、頼もしい限りである。

だが、その一本気さが俊平の弱点でもあった。

三村右近の身柄がこのまま確保できなければ苛立ちの余り、性急な行動に出そうな気がしてならない。

幸内曰く、三村は鳥居甲斐守が擁する密偵ではないかとのことであった。たしかに並の侍と違って、探索と人斬りに相当慣れている。それも以前から鳥居に雇われ、裏の役目に就いてきた手合いと見なせば得心もいく。

捕らえるのであれ斬り合いに及ぶのであれ、俊平では歯が立つまい。

焦って突っ走るのを黙って見逃し、返り討ちにされては元も子もないだろう。

俊平を無駄死にさせたくはない。生意気なところもあるが、政吉にとっても息子のような存在だからだ。

岡っ引きとして仕える身なので常に一歩引いているが、幸内と共に、その成長を見守りたいと思っている。

実の子を持たぬまま人生の半ばを過ぎた二人にとって、俊平は一人前に育て上げてやりたい宝なのだ。

まずは幸内に相談し、自分一人では抑えきれぬ暴走を止めなくてはなるまい。

「……」

政吉はすっと顔を上げる。ごつい造作が決意の色に満ちていた。

五

本願寺の破風が夕陽に映える。

鉄砲洲《てつぽうず》の渡し場から戻ってみると、見廻りを終えた政吉は引き上げた後だった。

顔馴染みの茶屋の娘に言伝《ことづて》はなかったかと聞いたところ、今日は先に帰らせてもらうとのことだった。

「やる気があるのかい、とっつぁんよぉ……」

俊平は腐らずにはいられない。

今まで見落としていた佃島《つくだじま》に渡り、午後一杯を費やしたものの、とうとう三村の姿は見出せなかった。

江戸市中から消えてしまったのではないか。そう思えてくるほど、出没した形跡が残されていない。御役御免になった直後から、雲を霞と消えたままなのだ。

（このままじゃ無駄骨折りかもしれねぇなあ）

出来得《う》れば、三村に洗いざらい白状させてしまうのが望ましい。されど行き方は一向に突き止められず、無駄足を踏んでばかりの繰り返しであった。

いつまでも、このままではいられない。

かくなる上は鳥居に直接問い質し、真相を明らかにするのみである。

はぐらかされるばかりとあれば、刀に掛けても自白に及ばせる。俊平はそこまで思い詰めていた。

江戸の夜が更けてゆく。

部屋の灯火を吹き消したとき、俊平はすべての支度を終えていた。

大小の刀にきっちりと荒砥《あらと》を当てて寝刃《ねば》を合わせ、懐中には二刀を取り上げられたときに備えて合口鞘《あいくちざや》の短刀を隠し持っている。

俊平は稽古用の道着と綿袴に装いを改めていた。斬り合いとなったときに刃《やいば》が通りにくしておき、少しでも長く立ち回れるようにと、全体に霧を吹いて湿してある。

正規の手続きを経て会おうとすれば、こちらの奉行である遠山の立場が悪くなってしまう。鳥居は自分に対して疑いを抱くとは不届き千万と言い立て、老中首座の水野忠邦に遠山を罷免《ひめん》することを進言しかねないだろう。そういう男なのだと、これまで幸内と共に戦ってきた経験から俊平は判じていた。

まともに行っては馬鹿を見るばかりとなれば、裏で仕掛けるしかあるまい。

俊平は同心の着装一式を乱れ箱に畳んでまとめ、十手に三通の書状を添えて部屋の隅に置いていた。

一通は、遠山への致仕《ちし》願い。もう一通は宇野幸内に宛てたものである。そして、三通目は本郷《ほんごう》の父と姉をはじめ、親しい人々に向けて連名の宛先で綴《つづ》った、心からの詫び状であった。


「待ちなよ、若いの」

組屋敷から密かに抜け出そうとしたとき、玄関前にふらりと現れたのは、誰あろう宇野幸内だった。

様子がただごとではないと政吉から聞かされて、様子を見に来たのである。

「そんな形《なり》で、一体《いってえ》どこに行こうってんだい？」

いきなり姿を見せた幸内に、俊平は驚愕《きょうがく》したまま動けずにいる。

「……南町です」

「なら、いつもの格好でいいだろうが。なんで斬り込みに行くみてぇな支度なんぞをしてるんだい。この夜更けによぉ」

「……………」

俊平が何も言わずに踵《きびす》を返そうとしたその刹那、幸内が叫んだ。

「馬鹿野郎！　お前一人で動いてるわけじゃねぇんだぞ!!」

怒声が響き渡ると同時に、幸内の鉄拳が続けざまに炸裂《さくれつ》する。

右拳で頬桁《ほおげた》を張るや否や、左の拳を俊平の脇腹にめり込ませたのだ。

「ううっ」

堪らずによろめく俊平の左腰から、二刀が鞘のまま抜き取られる。幸内に同行した政吉の仕業だった。

「と、とっつあん……」

「勘弁してくだせぇよ。俺ぁ旦那を死なせたくねぇんだ」

大きな背中を丸めて詫びると、政吉は再び後ろに下がっていった。

「忘れもんだぜぇ、政」

幸内はさっと手を伸ばし、懐中から取り上げた短刀を放って渡す。

一瞬のうちに丸腰にされてしまった俊平は、よろめきながら二人を見返す。二発目の鉄拳に肝《かん》の臓《ぞう》をしたたか打たれ、抵抗する余力を失ってしまっていた。

「甘いな、若いの。そのぐれぇでへたばるお前が、鳥居んとこに乗り込んだところで何ができるってんだい？　膾《なます》に刻まれちまって、くたばるのが落ちだぜぇ」

「せ……拙者は、仁杉様のご無念を……」

「仇討ちってことかえ」

激痛に耐えながら喘ぐ俊平を、幸内は冷ややかに見返す。

冷徹な態度を取ってはいても、息子とも想う若者に向ける視線はひたすら熱い光を宿していた。

「ひとつしかねぇ命を捨ててくれって、誰がお前に頼んだんだい。後に遺《のこ》された者《もん》がどんだけ泣くか、考《かんげ》えが及ばねぇのか」

「……」

「鳥居の野郎なんぞぶった斬ったところで、仁杉は生き返りゃしねぇんだぜ。お前が本懐《ほんかい》を遂げましたって冥土《めいど》で知らせりゃ、あいつが喜ぶとでも思ってんのかよ!?」

苛烈な言《げん》を浴びせられ、俊平は返す言葉がない。しかし、朦朧としながらも、幸内の一言一言はしかと胸の内に染み入っていた。

「お前はお江戸の町方同心なんだぜ。やたらと刀ぁ振り回すより、ちっとでも町の衆が住みやすくなるように励むことを、第一《でえいち》に考えねぇ《え》」

「き、肝に銘《めい》じまする」

懸命に答えようとする俊平だったが、その肝臓からくる痛みはすでに限界に達していた。

前のめりに倒れ込みかけた瞬間、俊平はぐいっと腕を摑まれた。

「ご、ご隠居……」

「後のことは俺に任せな。もしもくたばったときにゃ、憐を頼むぜ」

告げる幸内の口調に迷いはない。

隠居所に残してきた憐には所用で江戸をしばらく離れると告げ、行きもしない旅のための道中手形まですでに菩提寺《ぼだいじ》から取り寄せてある。

そうやって不在にしたと表向きは見せかけておき、鳥居一味の目を欺《あざむ》いた上で事をなす所存だった。

六

牢屋敷にて長英から聞き出した情報を懸命に喋った後、俊平は失神した。

看護を政吉に託し、幸内がまず最初に向かった先は北町奉行所の裏――遠山左衛門尉景元の役宅であった。

勝手知ったる屋内に忍び込み、家士たちの監視の目を掻い潜って、遠山の私室の前まで辿り着く。

折しも遠山は書見台に向かっていた。

「よぉ、幸内さんだったのかい」

遠山は慌てる風もなく、漢籍《かんせき》を拡げた台の向こうから視線を投げかける。

泰然《たいぜん》としながらも、左膝の脇には刀を置いている。侵入者の気配を察し、床の間の刀架から持ってきていたのだ。

「夜討ちたぁ穏やかじゃねぇな、ええ?」

手慣らした佩刀を元に戻しながら、遠山は苦笑してみせる。

「まさかお前さん、仁杉を見殺しにしちまった俺に意趣返《いしゅげえ》しって寸法《すんぽう》かえ」

「滅相もありませんよ、金四郎さん……」

幸内は微笑を浮かべて、応じたのみだった。

遠山が本気で斯様な軽口を叩いたならば、幾十年来の仲であろうと有無を言わせず殴り倒していたことだろう。

つぶやく遠山の表情は、かつて見たことがないほどにやるせないものだった。共通の友人であった仁杉五郎左衛門を救い出す策を講じることができぬまま、不慮の死を遂げさせてしまったのが口惜しくてならないのだ。

町奉行が裁くのは町民の犯罪が主であり、士分の者は禄を離れた浪人などの例外を除いては吟味することが許されない。直参旗本と御家人は目付から評定所に、大名の家臣は各藩邸にそれぞれ委ねられる。

五郎左衛門についても同様だった。当初こそ関わったものの審理は評定所において行われる運びとなり、遠山は深く関与することが許されなかった。昔馴染みの立場であるだけに、手心を加える可能性も高いと見なされたのだろう。

そんな遠山にできたのは小伝馬の町牢屋敷まで暇を見つけては足を運び、日に日に痩せ細っていく朋友を励まし、差し入れをするばかりだったのだが、その気遣いも役には立たなかった。鳥居は五郎左衛門を衰弱させた上で凶刃を見舞い、覚悟の自害と見せかけて葬り去ったのである。

「さすがに、今度ばかりは御上の御用を務めるのが嫌になっちまったよ……」

上座で切なげに吐息を漏らす遠山は、謀殺の事実を知らない。痩せ衰えた体で気力を振り絞って自裁を遂げていながら病死扱いにさせざるを得なかったのを、ただただ悔やんでいるのだ。

幸内は黙ったまま、下座に膝を揃えていた。大刀は鞘ぐるみのまま、右膝の脇に横たえられている。

もとより真相を明かすつもりはない。

遠山は精一杯のことを、五郎左衛門のためにしてくれたのだ。

その五郎左衛門が謀殺されたと知れば落胆し、たとえ鳥居が黒幕であっても復讐をするわけにはいかぬ己の無力さを嘆くしかないのは、目に見えている。斯様な想いを敢えてさせたいとは思わなかった。

事をなすのは、自分だけでよい。

そのための下調べについてのみ、遠山の力を借りるつもりだった。

「お話しさせていただいてもよろしいですかい、お奉行」

静かな決意の下に、幸内は語り出す。

「こんな夜分に無礼を承知で押しかけたのは、あるお人に会わせていただきたいからなんですよ。遠いとこへお出でになられる前に、どうあっても確かめておきたいことがあるもんで……」

七

数日を待たずして、遠山は段取りを調えてくれた。

要人の未決囚に会うのは容易なことではないが、町奉行が面会を乞《こ》うたとなれば話は別だ。

幸内は遠山お付きの内与力を装って同行し、矢部との面談に及んだのである。

「儂を嗤《わら》いに来たのか、おぬし？」

「そんな閑人《ひまじん》とは違いますぜ」

口調こそ伝法だが、矢部に対する幸内の態度は丁重だった。

矢部が伊勢桑名藩のお預かりとして幽閉されることになるだろうという話は、昨年のうちに遠山から聞かされていた。

敗者をいたぶるのは外道のすることである。今となっては、幸内も矢部のことを痛めつけようなどとは考えていない。流刑先で権力への妄執《もうしゅう》から解き放たれ、心静かに余生を全うするのを願うばかりだ。

しかし、江戸を発《た》つ前に、どうしても確かめておかなくてはならないことがある。

「どのみち儂は蟄居《ちっきょ》の身。改易《かいえき》されし上は日の目を見ることもない。この命を取る気があらば、存分にせい」

「まだ、ご沙汰は下っちゃいないんでしょう」

ぼやく相手へ向ける視線にも、とげとげしさはない。面会の場でも携行を許されている脇差には、もとより指一本触れようともしなかった。

そんな様子に気づいた矢部は、ふっと吐息を漏らす。

「いざ裁かれる側になってみて思い知ったわ。もはや本決まりであろうに益なき詮議を繰り返し、日々いたぶられるは痛苦の限りぞ。いっそ責め問いにでも掛けてくれたほうが気も楽じゃ……」

「そう腐るもんじゃありやせんよ、矢部様」

「……おぬし、儂にいったい何の用じゃ？」

「どうして鳥居が仁杉を殺《ばら》したがってたのか、心当たりはございやせんか」

幸内がずばりと話を切り出すことができたのは、遠山が人払いを所望したからであった。

座敷牢を警備する番士の面々は町奉行の命令に従い、廊下に身を潜めて様子を窺うことも慎んでくれていた。矢部の裁きはほぼ確定しており、当人も覚悟を決めているのを考慮の上で、危険はないと判じたのだろう。

幸内と矢部には面会時間の許す限り、しっかり話し合わせるつもりであった。

二人の対話は続いていた。

「鳥居ほどの奴が、与力一人の生き死ににこだわったってのが解《げ》せねぇんですよ」

「仁杉五郎左衛門か……」

矢部は再び吐息を漏らす。精悍な偉丈夫も独房暮らしの続く中で痩せ細り、肌からも色つやが失せてしまっていた。

それでも、双眸の輝きは以前の傲慢《ごうまん》さを失っていない。

幸内に対する態度も、まだ素直とは言い難かった。

「おぬし、この儂が素直に吐くと思うたのか？　甘いの」

しかし幸内も負けてはおらず、すかさず切り返した。

「死人にゃ嘘はつけないって言いますぜ、矢部様。ここであんたが黙《だんま》りを決め込んだままだと、一生祟《たた》りますぜぇ」

「ふん。どのみち長生きをするつもりはないわ。己が生き死には、己で決める」

「剃刀《かみそり》も持ち込めねぇお暮らしの中で……ですかい」

「自害など、食を絶てば容易きことであろう」

「容易い……ですかねぇ」

強気にうそぶく矢部を、幸内はじろりと睨んだ。

「あんた、真実《ほんと》にそう思ってんのかい？」

幸内の口調は、先程までとはがらりと変わっていた。べらんめぇながらも丁重さを帯びていたのが一転し、険しいばかりになっている。

「干殺《ひごろ》しにされるほど苦しいもんはねぇって、戦国の昔から決まってますぜ。美酒と美食で肥え太った野郎に、耐えきれるはずがあるめぇ」

「ぶ、無礼なっ」

さすがに矢部は声を荒らげた。

その様子を冷たい目で見返しつつ、幸内は一気呵成に告げる。

「仁杉はな、日に一度の握り飯と塩汁だけで骨と皮に痩せて死んでったんだ。同じ目に遭《あ》ってもいねぇくせに、そう軽々しく言うもんじゃねぇ」

「何……」

「散々弱らせただけじゃ飽きたらず、自害に見せかけて一刺しよ。手向かいできねぇほど弱らせた上で、あんたもご存じの三村右近を刺客に立てやがってな」

「さ、されど、それならば直ぐに足がついたであろう」

「そこんとこが鳥居らしい嫌らしさよ。あの切れ者《もん》をわざと昼行灯に装わせ、奉行所の連中から小馬鹿にされ始めた頃に牢屋敷へ差し向けたのさ。酔って脇差を奪われたってぇ筋書きでな」

「……覚悟の自害と見せかけおったのか」

「そういうこった。最初は俺の当て推量でしかねぇと思ってたが、うちの若いのが牢屋敷で当たりをつけてきてくれたんでな、得心がいったというわけよ」

「……」

矢部はもはや言葉を失っていた。

鳥居が手段を選ばず、かつ巧妙に事をなすのは悪事に加担していた頃、つぶさに見聞きしてきたことだ。

しかし、ここまで念の入った殺し方はかつてなかった。

鳥居耀蔵という男の怪異ぶりを、矢部は改めて痛感せずにはいられない。

幸内の質問に答える気になったのも、かかる妖怪にいいように操られた末に流刑の憂き目に遭った、己の短慮さを恥じてのことだった。

「あやつ、そこまで仁杉が邪魔であったのだな……」

「心当たりがあるのかい、矢部様」

「……うむ」

「当て推量で物を言われても困るんだぜ」

「案ずるには及ばぬ。儂とて、元は火盗の長官を務め上げし身ぞ」

矜持を込めて告げるや、矢部は訥々《とつとつ》と言葉を続けた。

「鳥居が儂の行状を余さず探りて公儀に訴え出たように、こちらもあやつの身辺には網を張り巡らせていた。そのせいで、可愛い配下を幾人も闇討ちにされたがの」

「……で？」

「あやつ、表向きは越前守様の申されるがままに動いておるが、実のところは奢侈の禁制になど微塵も賛同してはおらぬわ。のみならず、これより先の御改革が厳しゅうなるのを逆手に取りて、私腹を肥やそうと目論んでおる……取り締まりの対象となる奢侈品を扱う豪商どもと裏で繋がり、目こぼしを約する見返りに諸方より賄《まいない》を受け取っておるのだ」

「それをあんたに嗅ぎつけられたんで、引導を渡したってことかい」

「儂だけではなく仁杉にも、な」

「何……」

「儂が御用鞭となる前に、仁杉は申し出て参ったのだ。鳥居をこのままにしておけば、御改革など有名無実。越前守様はもとより、畏れ多くも上様の御威光までもが蔑ろにされてしまうとな」

「じゃ、仁杉も鳥居の企みに気づいてたってことかい」

「左様。不倶戴天《ふぐたいてん》の敵たる儂と手を組み、鳥居めが南町を牛耳るのを水際で阻まんとしておったのだ。この評定所での詮議の場にて……な」

矢部は確信を込めて言ったが、俄《にわか》には信じ難い話だった。

「その話、俺に信じろって言いなさるのか」

「疑うならば、儂の別宅を探ってみよ。疾《と》うに家捜しをされておろうが、まさか妾宅の床下まで、くまなく掘り返してはおるまい」

「そこに何があるってんだい」

「御用鞭となる前に、仁杉に託して公にさせるつもりでおった書状よ。鳥居が豪商の一人と取り交わせし、正真正銘のな」

「そんなもん、鳥居の奴がぜんぶ握ってるはずだろう？」

「儂を舐《な》めるでない。七方出《しちほうで》（変装術）が得手《えて》の配下に豪商の番頭を装わせ、あるじが誤って紛失したゆえ今一度書いてほしいと持ちかけさせたのだ。口上だけで信じるはずもあるまいが、詫び料にと持たせた百両が効いたな」

「気前がいいのは結構だが、危うい手だなぁ。その商人《あきんど》に鳥居が裏を取れば、すぐにばれちまっただろうに……」

「左様。配下はあやつの追っ手に討たれてしもうたが、書状は儂の手に渡った。配下がすんでのところで町飛脚《まちびきやく》に頼んでくれたおかげで……の」

飛脚は遠距離の通信ばかりでなく、江戸市中での手紙のやり取りも請け負う。鳥居の家士は尾行を撒いた上で書状の発送を頼み、一命と引き換えに任を果たしたのだ。

「あんたにも忠義なご家来衆がいたんだな」

「儂のせいで随分と死なせてしもうた……。悔やまれる限りじゃ」

自省の念を込めて、矢部は溜め息を吐く。鳥居を憎んでやまない気持ちは、この男も同じなのだ。

「雑作を掛けるが、床の間の手前の畳を外して一丈（約三メートル）掘れ。件《くだん》の書状と二百両が埋まっておる」

「書状は引き受けたが、お金《あし》はどうするんだい」

「忍への詫び料じゃ。金に飽かせて無体を働きし償いにと、伝えてくれい」

「いい心がけだが、忍さんならもう江戸にゃいねぇぜ。晋助と一緒になって、あんたとは縁のねぇ田舎で幸せに暮らしていなさる。そんな大枚、届けたところで迷惑がられるだけのこったろうさ。嫌な過去《むかし》を思い出すことになるしな」

「……されば、おぬしが納めてくれ」

「俺が、かい？」

「鳥居めに一矢《いっし》報いてもらう礼じゃ。首尾よう果たしてくれ……頼む」

そう告げるや、矢部はいきなり膝を正した。

骨が目立つようになった広い背中を曲げ、慇懃《いんぎん》に一礼する。

それは権力欲の赴くままに生きてきた男が、目下の者に対して初めて取った、真摯そのものの態度だった。


その夜、奉行所奥の座敷にて二人きりで向き合い、幸内の次なる計画を明かされた遠山は仰天した。

「お前さん本気かい？そいつぁ、俺の首がひとつ飛ぶだけじゃ済まねぇことだぜ」

「重々承知しておりやすがね、あの矢部が頭ぁ下げて頼んできたのを男として裏切るわけにゃ参りますまい。それに鳥居をやり込めるのに、生半可な手を打っただけじゃ効き目なんぞありゃしません。この手証を無駄にしねぇためにゃ、こっちも命懸けでいくしかありませんよ」

「そりゃ、そうだがよ……」

「安心しておくんなさい、金四郎さん」

不安を否めぬ遠山に、幸内はにっこりと微笑みかける。その双眸には、少しの迷いもなかった。

「俺の身がどうなろうと、手引きをしていただいたってことは金輪際明かすもんじゃありやせん。その代わりと言っちゃなんですが燐と政吉、それと俺の昔馴染みの連中の面倒だけは看《み》てやってくださいやし」

「そいつぁ構わねぇが、高田のことはいいのかい?」

「あいつは元々、金四郎さんの配下だ。もしも俺がいなくなっちまったときには昔のことなんぞすっぱり忘れて、北のお奉行の下で男を磨いてもらいてぇんで……」

「よし、そこまで腹ぁ括ってんのなら、四《し》の五《ご》の言うめぇ」

幸内の胸の内を余さず聞き終え、遠山もにっと微笑み返す。

「そうと決まりゃ、段取りをきっちりしなくちゃなるめぇよ。俺の下知《げち》に委細従ってもらうぜ」

「承知しておりやす。で、まずは何をすればいいんですかい」

「どっちみち此処《ここ》で寝泊まりしてもらうんだ。焦らずに逗留《とうりゅう》しながら、ひとつずつ頭に入れてってくんな」

遠山は計画を全うするまで、幸内には北町奉行所奥の役宅に寄宿してもらうつもりのようだった。

「さーて、軽く呑みながら、絵図面を作り始めるとしようかね」

「よろしくお頼み申しやす」

慎んで頭を下げる幸内は、仲間たちが血眼になって行方を追い続けている三村右近も自分と同様、南町奉行所に身を潜めている事実をまだ知らなかった。


かくして三月二十一日（陽暦五月一日）、矢部定謙の審理が結審した。

仁杉五郎左衛門についても存命ならば死罪に処したとの厳しい裁きが下り、仁杉家は改易。二人の息子には遠島が申し付けられ、五郎左衛門まで九代続いた町方与力の名家としての仁杉家は断絶の憂き目を見た。

一方の矢部は配流先の伊勢桑名藩で自ら食を絶ち、同年の七月二十四日（陽暦八月二十九日）に憤死《ふんし》を遂げている。

行年五十四歳。男の意地を掛けた最期であった。

八

三月も末に至れば、陽はだいぶ長くなる。

暮れ六つ（午後六時）を過ぎても、まだ表は仄明《ほの》るい。

宇野幸内は独り、江戸城の中奥《なかおく》に身を置いていた。

（あと一刻ってとこかい……いよいよ俺も腹の括りどきだなぁ）

胸の内でつぶやきつつ、肩衣《かたぎぬ》をそびやかして歩を進める。

かつて矢部の寝所へ忍び入ったときのような忍び装束を身に纏って徘徊していれば、御庭番衆に発見されて早々に生け捕られるか、その場で成敗されていただろう。

しかし宿直《とのい》の者になりすまし、こうして堂々と城中を歩いていれば誰からも見咎められることはない。

手引きをしてくれたのは遠山である。例によって午前の務めで登城するとき挟み箱を担いだ小者を装わせて同行し、中ノ口にある町奉行の用部屋まで伴ってきて着替えをさせ、何食わぬ顔で城中へと送り込んだのだ。

遠山は大廊下《おおろうか》をそのまま伝って執務の場である芙蓉之間《ふようのま》へ直行し、幸内は日が暮れるまで城中の表から中奥までじっくり見て回り、夜更けの行動開始に備える段取りであった。

生まれて初めての江戸城であるが、あらかじめ遠山が用意した城中の見取り図が頭に入っているので迷うことはない。

名だたる大名や大身旗本とすれ違っても、幸内は慌てはしない。

これも一種の潜入捜査と割り切っているからだ。

幸内は現役の与力だった頃、本来ならば吟味方の範疇《はんちゅう》ではない市中探索にも進んで出張っていた。

そういった折には町民に化けたり、逆に格上の旗本になりすましたりするのもしばしばだったが、一度として正体を見破られたことはない。子どもの頃から芝居っ気のあった幸内には、向いていたとも言えるだろう。

こたびの装いは旗本が登城するとき着用する、熨斗目《のしめ》に麻裃《あさかみしも》である。

変装用の小道具である挟み箱に納めてきたのは自前の衣裳。昨年末に隠居所で婚礼の宴を催した折、波岡晋助に貸してやった一着だ。与力は身分こそ旗本格でも御目見得が許されぬため、裃は礼装として以外には着ることがないものだった。

それが今は城中で、威風堂々と纏《まと》っている。

板に付いたその旗本ぶりを、隠居与力だとは誰にも見破れない。

立ち居振る舞いにも問題はなかった。

幸内は大名や大身旗本とすれ違えば丁重に一礼し、同格の小旗本や御家人と見れば親しげに声をかけた。

裃の紋で家名さえ判別できれば、接する態度は自ずと決まる。相手と初対面なのは当然であり、あちらもすれ違ったのが何者なのかといちいち気にはしない。

こそこそと振る舞えば逆に不審がられ、平然としていれば疑われない。それだけのことだった。

顔を合わせたらまずいのは、こちらの顔を知っている鳥居のみである。

幸内は鳥居が風邪などで登城を休む日を選んで潜入すると、あらかじめ遠山と示し合わせていた。その上で北町奉行所の奥に寄宿している間中、城中の間取りと時間割を頭に刷り込みつつ、登城する大名と旗本の家紋を正しく判別できるように、最新の武鑑《ぶかん》を日々暗記することを心がけてきたのだ。

かくして本日、決行するに至ったのである。

遠山が直々に作成してくれた見取り図は正確そのもので、将軍の御座所《ござしょ》に至る道順も記されていた。

図面そのものは持参していなかった。

遠山が潜入行に関与した事実を示す証拠など、一切残していない。捕らえられたら個人で計画し、実行に移したことと主張するつもりである。

もしも目的を遂げる前に正体が露見すればそれまでのことであるし、首尾を果たした上は命を失う羽目になろうとも悔いは残すまい。

そう決意した上で、幸内は江戸城中に潜り込んだのだ。

命懸けの行動の目的とは矢部から託され、今は幸内の懐にある書状を将軍の御許《みもと》へ直に届け、鳥居の真の姿を知ってもらうことだった。

たとえ目安箱に投じたところで、家慶の手に渡る可能性は皆無に等しい。

今や幕閣は老中首座の水野越前守忠邦が完全に牛耳っており、忠邦は大の鳥居贔屓である。腹心の立場が悪くなるような証拠を、将軍に見せるはずがないだろう。

処罰されるのを覚悟して直訴を試みても、結果は同じである。

将軍がひとたび外出すれば警固は厳重を極め、直に会うのはまず不可能だ。近づく前に斬り捨てられるのは目に見えている。現実に直訴が可能なのは登城中の老中までが限界であり、目安箱の場合と同様の結果になってしまうのが落ちだった。

となれば、自ら城中に乗り込むより他にない。幸内は斯様に判じ、命を懸けて事を決行したのだ。

あらかじめ組み立てた経路に沿い、幸内は城中の奥深くへ侵入していく。

さすがに女の園である大奥にまでは入り込めぬため、もしも将軍が奥渡りしていた場合には小姓を装ったまま夜を明かし、明朝にすべてを賭けるつもりであった。

いずれにせよ、生きて戻れる可能性は低い。

遠山曰く、忠邦が鳥居を贔屓にするのと同様に、家慶は忠邦に信頼を寄せているという。鳥居の弾劾《だんがい》を決断してくれるか否かは、当年で五十歳になった天下人の度量に委ねるしかなかった。


将軍の寝床は、中奥の御休息之間《ごきゆうそくのま》に調えられる。

上段と下段に分かれており、間取りは各十八畳。下段は日中には将軍専用の居間兼応接室として用いられ、布団は上段に敷き伸《の》べられる。

職務が多忙な日は大奥に渡らぬのはむろんのこと、床の中にまで書類を持ち込んで寝間着姿のまま目を通したり、老中たちを呼んで質問するのも珍しくない。

美食と女色に日々耽溺していた父に似ず、家慶は勤勉な性格だった。馬面で額が大きく張り出し、顎がしゃくれた異相だが、見た目と人柄は別物である。

受け口ぎみの唇を嚙みながら書類綴《つづり》に目を通す家慶の許には、これからの改革案を煮詰めるために、老中首座の水野越前守忠邦も臨席していた。

上段で布団に座した将軍を仰ぎ見る形で、下段に端座《たんざ》している。

水野忠邦は当年四十九歳。細面の、見るからに神経が細かそうな顔立ちで、手入れの行き届いた口髭が特徴である。眠気など微塵も見せず、何を問われても即答できるように気を張った面持ちだった。

百戦錬磨《ひゃくせんれんま》の老中首座といえど、職務熱心な将軍と接していれば自ずとこうなる。

後世の企業においても見られる光景だ。実務知識は重役たちが遙かに上でも、長《ちょう》の素朴な疑問から思わぬ盲点や確認漏れが発見される場合は多い。

忠邦は旧家斉派を幕閣から完全追放すべく辣腕を日々振るいつつ、一歳しか年の違わぬ家慶を軽んじることなく、常に真摯に接していた。

すでに夜五つ半（午後九時）である。毎朝六つ（午前六時）に起床する将軍は、そろそろ就寝しなくてはならない時間だったが、家慶は例によって深夜になるまで改革案の吟味に注力するつもりらしかった。

小姓たちは仮眠を取りながら交代し、所用を命じられるのに備えて、常に複数名が室内に控えている。

そんな面々の中に一人、些か薹《とう》の立った者が紛れ込んでいた。

もとより小姓といっても若年の者ばかりで固められていたわけではないが、家慶と余り齢の違わない五十男がいれば、さすがに不自然である。

「な、何者っ」

不審な男の存在に気づいた小姓が誰何《すいか》するや、その男――宇野幸内はすっと膝立ちになった。

「何奴じゃ！」

一喝する忠邦の存在など意に介さず、膝行《しっこう》して家慶との間合いを詰めていく。

不可解そうに見返してくる家慶に微笑みかけつつ進む姿は、礼儀正しくも堂々としたものであった。

とはいえ、不審者であることに変わりはない。

「曲者じゃ！　出合え、出合えーっ!!」

細面に怒気を浮かべて忠邦が叫ぶや、警固の士たちが突入してきた。

小十人《こじゅうにん》格庭番──選りすぐりの精鋭を集めた一隊だ。二十代の筋骨隆々《きんこつりゅうりゅう》とした面々は肩衣の片袖を外し、手に手に殿中差《でんちゅうざし》を抜き連ねていた。

城中にて鯉口を切り、鞘を払うのは切腹ものの行為だが、このように命《めい》を受けての成敗はむろん例外である。

一方の忠邦は上段に昇り、家慶の御前に身を呈している。帯前の殿中差に両手を掛け、いつでも抜刀できる気構えを示していた。

小姓たちは各々の居合わせた位置で鞘を払って待機し、万が一にも小十人組が返り討ちにされたときに備えている。

ともあれ、まず幸内が相対《あいたい》しなくてはならないのは手強そうな警固の士だった。

幸内を取り囲む猛者連《もされん》の中から、一人の男が前に出る。

卵形の顔に高い鼻梁《びりょう》と大ぶりの口が目立つ、剽悍《ひょうかん》な印象の持ち主である。他の者に比べて幾分細身だが、まったく見劣りはしていない。

村垣範正《むらがきのりまさ》、三十歳。

代々の御庭番の家に生まれ、小十人組に登用されて十年目を迎えた立場である。若い面々に先んじて、曲者を討ち取るつもりなのだ。

目付きがよい。ぎょろりとした双眸は底光りがしており、勢い込んで威嚇《いかく》する段階など疾《と》うに越えた、一流の剣客らしい威厳を備えていた。

足捌きも申し分ない。当時の剣術の常《つね》として後ろに踏み締めた左足を閂《かんぬき》——前に出した右足に対して左九十度に開いた形にし、膝を突っ張らせず適度に緩めておいて、一気にバネを利かせ、踏み込める体勢を取っている。

剣術の要諦《ようてい》、すなわちコツは一眼二足三胆四力《いちがんにそくさんたんしりき》といわれる。まずは目線で敵を捕捉して威圧し、刀を打ち振るうときの土台となる足を確実に踏み込み、腹の底から気迫を絞り出して敵に立ち向かうのである。

一に眼力、二に足捌き、三に胆力。筋力は、要諦の四番目にすぎない。筋骨隆々としているから必ずしも強いとは言えないのだ。

対する幸内は殿中差に手も掛けず、無言で見返すのみである。

表情こそ柔和だが、目は笑っていない。

不必要に見開かず、細めることもせず、ごく自然な状態で視線を返している。それでいて込められた迫力は範正を上回っており、完璧に機先を制していた。

片手打ちに斬りつけようとする体勢を取ったまま、範正は動くに動けない。

そのとき、自分を庇《かば》っていた忠邦をそっと押し退けて、家慶が下段に降り立った。

「う、上様？」

「苦しゅうない」

小十人組と小姓たちの面々は慌てて鞘を引き、殿中差を納める。畏れ多くも将軍が出てきたとなれば、抜き身を構えてなどいられない。

家慶公は幸内の面前に立ち、足元の畳を指差した。

「それへ」

言葉少なに告げる口調は穏やかそのもので、緊張の色も孕《はら》んでいない。幸内は害意など持っていないと見なし、間近に座らせた上で直々に話を聞くつもりなのだ。

たとえ御目見得の旗本が謁見《えっけん》する場合でも、将軍との対話は御側御用取次を介するのが当たり前である。曲者と見なされた幸内と接する将軍の態度は、通常ならばまずあり得ぬものだった。

九

御休息之間は人払いがなされ、忠邦のみが臨席を許された。

家慶は幸内から来訪の意図を聞いた上で、速やかに場を設《しつら》えてくれたのだ。

「将軍とは窮屈なものでな、皆の前では決まり切った言《こと》の葉《は》しか口にはできぬ。余《よ》はこのままでは何事も任せきりの『そうせい様』になってしまいそうじゃ……。とまれ一命を賭して登城に及びし段、誠に大儀であった」

打ち解けた口調になったのは件の書状に目を通し、幸内の口から一連の経緯《いきさつ》を聞かされたからであった。

「矢部駿河守、哀れな奴じゃ……甲斐めもつくづく、悪《わる》じゃのう」

つぶやく家慶の傍らで、忠邦は仏頂面《ぶっちょうづら》になっている。

将軍の御前で常に礼を尽くしてきた老中首座も身内の恥を晒されて、さすがに平静を保ってはいられないのだろう。

しかし、告発そのものはさすがに否定できず、幸内が語る内容の所々で青ざめながらも、一言とて口を挟みはしなかった。

ともあれ、鳥居は矢部など及びもつかぬ悪党であると認めるしかない。

「……上様」

おずおずと問いかけようとした刹那、忠邦の言葉は遮られた。

「罷免《ひめん》には及ばぬ」

「は？」

「甲斐なくして、そのほうの策はなし得まい。左衛門尉共々、上手く使え」

「は……ははっ」

忠邦は深々と平伏した。

改革を推《お》し進めるに当たり、南町奉行に据えた鳥居甲斐守耀蔵の能力は必要不可欠である。しかし、好き勝手にさせていては此度のような私欲に走ってしまい、幕府の権威が失墜するのは明白である。

ならば北町の遠山左衛門尉景元と嚙み合わせ、均衡《きんこう》を図りつつ使役するべし。そう家慶は決断を下したのだ。

これならば忠邦の面目は保たれ、鳥居の行き過ぎも制御できる。忠邦に倣《なら》って叩頭《こうとう》しながら、幸内は将軍に感謝の意を表さずにはいられなかった。

「宇野とやら、そのほうも罪には問うまいぞ」

家慶は穏やかな面持ちで告げてくる。

逆さ茄子《なす》にも似た馬面が、今は雄々《おお》しく見えていた。

「隠居の身と申したが、まだ早かろう。甲斐を配せし南番所に復籍せよとまでは言うまいが、今後も町方のために陰ながら力を尽くせ」

「ご下命《かめい》の儀、謹んで承りまする」

幸内は今こそ腹を括っていた。

今宵で自分は一巻の終わり。そう決意し、この場に罷り越した身である。

ところが家慶は幸内を助命してくれた上で、引き続き捕物御用を支援せよと申し付けてくれたのだ。

もとより天職、いや天命だと思って取り組んできたことである。

これは生涯現役と思い定め、足腰が立たなくなるまで続けるより他になさそうだと改めて決意したのだ。

しかし、どうしてもひとつだけ願い出ておかなくてはならない儀がある。

それは亡き朋友《とも》のため、けじめを付けておきたいことだった。

「畏れながら言上仕《ごんじょうつかまつ》りまする」

「申せ」

止め立てしようとした忠邦に構わず、家慶は先を促す。

謝意を込めて叩頭した上で、幸内はすっと顔を上げた。

「表沙汰にはできぬ仇討ちを、させていただきとう存じまする」

「仇討ちとな？」

たちまち忠邦が口髭を震わせて叫んだ。

「ま、まさか甲斐を亡き者にする所存かっ」

「落ち着け、越前《えちぜん》」

忠邦が取り乱すのを制し、家慶は幸内に問いかける。

「そのほうが所望とは、まこと甲斐守の一命かの？」

「左様に申し上げましたらば、何となされまするか」

臆することなく、幸内は家慶に視線を返す。

「ならぬ」

天下人の言葉には、穏やかながらも絶対の威厳が込められていた。

「朋輩を空しくされし無念は察するが、あやつでなくては弛緩《しかん》しきった江都《こうと》の風紀は粛正《しゅくせい》し得まい。むろん、行き過ぎてはなるまいがの」

「某《それがし》も斯様に存じ奉《たてまつ》りまする」

「では、誰《たれ》を討つ？」

「甲斐守様が召し抱えし刺客にございまする」

「そやつが憎いのか」

「憎悪には非ず、朋友の誉《ほま》れを汚したる儀が許せませぬ故」

「そやつさえ討ち果たせば命じた甲斐への恨みは忘却し、水に流すのだな」

「いえ」

念を押してくる家慶に対し、幸内ははっきりと答えていた。

刺客——三村右近を討ち果たしたとしても、雇い主の鳥居への恨みは捨てられない。

そう言っているのだ。

寛大なる天下人に向かって、不遜《ふそん》とも受け取られかねぬ反応である。

それでも家慶は声を荒らげることなく、静かな面持ちのままでいる。傍らの忠邦が皮膚の薄い額に血管を浮かべ、今にも叫び出しそうになっていることなどまるで意に介さずにいた。

「そのほうの存念を聞かせてくれ。朋友を殺されし恨みを抱きしまま、鳥居を誅さずにおられるとでも申すつもりか？　まこと、忍従《にんじゅう》し得ると思うのか」

「そう心がけたく……」

「げに難しきことであろう」

「なればこそ、向後は甲斐守様を信じ申し上げたく存じまする」

「信じるとな」

「御意」

驚く家慶に、幸内は揺るぎない眼差しで言上する。

「仁杉と某は見習いの頃より、まずは人を信じることから始め、善悪を人の一面のみにて決めつけぬを信条として参りました。今こそ、その心境に立ち戻りたく存じ上げ奉りまする」

それは偽りのない幸内の決意表明だった。

五郎左衛門の場合、人を信じる姿勢は愚直に過ぎた。一時は幸内もそう思えてならなかった。

その人の良さが災いし、放っておいてもいい米問屋の苦境に救いの手など差し伸べたがために罪に問われ、ついには外道の策に嵌って命を落とす羽目になってしまった。なぜ世の中には信じるに値せぬ輩もいることに気づかぬのかと、声を大にして説教をしたくもなった。

しかし、今は違う。

幸内はこれから鳥居耀蔵がどのような人生を送るのか、見定めたい気持ちになっていた。

南町奉行、甲斐守の肩書きなどに敬意を表するつもりは毛頭ない。

征《せい》夷《い》大《たい》将軍と老中首座——いや、徳川家慶と水野忠邦という二人の人間から信頼を預けられた鳥居が己の内に根差す善と悪、生まれ持った両面と如何にして折り合いを付けていくのかを、見届けたいと思えてきたのだ。

人を信じる気持ちは己自身を、ひいては相手をも浄《きよ》める力を持っている。そうなったときこそ朋友も成仏できると、幸内は確信するに至っていた。

「なるほど、甲斐を信じてくれるか……」

家慶公は感服しきりの様子で何度も頷く。

その上で、最後に念を押すのも忘れなかった。

「されど、裏切られし折は何とする。次はそのほうが謀《たばか》られ、あたら命を落とすやもしれぬのだぞ？」

五郎左衛門と同じ末路を辿る可能性も多分にある。そこまで覚悟できているのかと、家慶は問うているのだ。

対する幸内の答えは決まっていた。

「己が信ずるところに果てるならば、本望にござりまする」

「よくぞ申した」

家慶は莞爾《かんじ》と笑うや、忠邦を振り返る。

「越前、村垣を呼べ」

「は？」

「このほうを平川《ひらかわ》門より送り出してやれ。ゆめゆめ傷つけては相ならぬぞ」

「は……はは っ」

納得のいかない表情を引っ込め、忠邦は平伏する。

この生硬な老中首座のことも信じなくてはならないと、幸内は胸の中で苦笑した。

十

夜の夜中に好んで出歩く者はいない。

町境《まちざかい》の木戸で番人に足止めされないのは、町方の御用を務める者ぐらいである。

その夜、高田俊平は南町の廻方筆頭同心・堀口六左衛門を尾《つ》けていた。

過日の暴走を窘《たしな》められて以来、政吉ら協力者への感謝の念をしかと抱いた上で、俊平は自らも地道な探索を続けてきた。

三村右近の行き方は相変わらず、杳《よう》として知れない。

そこで俊平は一計を案じた。当人を捜し求めても埒が明かぬのならば、周辺人物を当たってみよう。

そうすれば三村のほうから接触してくる可能性も高いはずである。斯様に判じ、堀口を尾行の対象と定めたのだ。

そして今、待望の瞬間が訪れようとしていた。

独り暮らしになって久しい八丁堀の組屋敷を後にした堀口は提灯を片手に、亀島町《かめしまちょう》の河岸通りを抜けて永代橋へと向かっていく。

下弦《かげん》の月が淡く光るばかりの真夜中にまさか私用で出かけるはずもないし、もしも捕物御用ならば奉行所の小者たちを召集するはずである。これは人目を避けての密会であると見なすべきだろう。

痩せた背中を丸め、堀口はとぼとぼと歩を進める。御成先御免の着流しと小粋な巻羽織が甚《はなは》だ不釣り合いな、憔悴しきった中年男ぶりだった。

俊平は気配を抑え、大川端に出た堀口を尾けてゆく。

提灯は持たず、夜目を利かせての尾行だった。

漆黒の闇の中、大川のたゆたう音がやけに大きく聞こえる。船が一艘、岸の近くを漕《こ》ぎ渡っているのだろう。

先行く堀口の歩みはのろい。大柄な俊平は、加減して歩を進めないとすぐ間合いが詰まってしまうため、できるだけ小股で歩いていた。

そのとき、不意に堀口が立ち止まった。

見れば、前方に六尺近い男が立ちはだかっている。

提灯の明かりに、その全身が浮かび上がった。

こざっぱりした唐桟に、小洒落た蛭巻鞘の大小。

深編笠の下から覗いて見えたのは、追い求めていた三村右近の憎々しい顔に相違なかった。

「何としたのだ、三村殿？」

堀口は迷惑そうに問うてきた。

「致仕せし上は、おぬしとは関わりなきはずぞ。いやしくも南の筆頭同心を、気安く呼び出してもろうては困る」

おどおどしながらも、堀口は精一杯の威厳を示そうとしている。

対する三村は以前と変わらず、傲慢そのものの態度を取って憚らずにいた。

「ほほぅ。ならば何故、おっかなびっくり足を運んで来られたのかな」

「ぶ、無礼であろう」

「そっちこそ無理をするな。こちらのほうこそ、おぬしと縁が切れて清々《せいせい》しておる。息子を死なせてもなお、己が席にしがみついて離さぬ痴《し》れ者にの」

「な、何と申す!!」

「怒るな怒るな。これより貞五郎に会わせてやろうと申すに……」

「え……」

怒りの声を上げていた堀口の顔が、たちまち真っ青になっていく。三村が蛭巻鞘を無造作に払い、抜き身を突きつけたからだ。

「甲斐守様の仰せだ。今宵のうちに送ってやれとな」

「お、お奉行が儂を殺せと申されたのかっ！」

「なればこそ俺が参ったのだ」

怯える堀口に、三村はにやりと笑いかける。凶悪な笑顔が、闇の中にぼうっと浮かび上がった。

「お前さんが筆頭同心のままでは埒が明かぬ。首をすげ替えるついでに、現世《うつしよ》からもいなくなってもらいたいとの仰せよ」

「ひ！」

堀口は悲鳴を上げた。

提灯が足元に落ち、めらっと燃え上がる。

彼なりに尽くしてきた鳥居から無能の烙印《らくいん》を押されたことよりも、迫る死への恐怖のほうが先に立っている。

もはや文句をつける余裕もなく、刀を抜き合わせることもできずに立ち尽くしていた。

「どうせなら、おぬしを斬りたがっておった佐久間と同じ太刀筋で送ってやろう」

くすぶる提灯を踏み潰し、三村はにやつきながら語りかける。もとより夜目が利く身には、余計な明かりなど無用なのだ。

対する堀口は闇の中で、がたがたと震えるばかりである。歯の根が合わず、かちかちと盛んに音を立てていた。

「どうした、え？」

無駄口を叩きながらも、三村は速やかに構えを取っている。

左足を前に出し、上段に振りかぶる。巻藁相手の試し切りにおいても、全身の力が無駄なく刀身に乗って威力を発揮できる体勢である。

「それ、まずは袈裟だ！」

恐怖で動けぬ堀口へ向かって凶刃が弧を描き始めた刹那、もう一条の刃がびゅっと唸りを上げた。

盛大な金属音と共に、三村の凶刃が弾き返される。

「てめぇ、仲間を斬ろうってのかい!!」

俊平は激怒していた。堀口とて、仁杉五郎左衛門を死に追いやった仇の片割れには違いない。しかし、目の前で無抵抗のまま斬殺されようとするのを見過ごすわけにはいかない。

「た、助けてくれっ」

その隙に、堀口はあたふたと土手に逃れていく。実に情けない様だった。

一方の三村は動じてもいない。弾き返された刀をすかさず八双《はっそう》に構え直し、余裕の顔で見返している。

「仲間とな？」

三村は馬鹿にしたような口調で言った。

「違うのかよっ」

俊平は怒りを込めて言い放つ。

「お前らは悪《わる》に魂を売った者同士でも、心を同じくした仲間なんだろうが⁉　それをどうして斬ろうとしやがったんでい！」

「お笑いぐさだな。あの様を見ろ。あれが恃《たの》むに値する男か。心を同じゅうする値打ちがあるというのか」

「出来が悪けりゃ仲間じゃねぇってのか」

「左様。役立たずを生かしておくほど、馬鹿らしいことはないからのぅ」

俊平を一笑に付しつつ、三村は刀を中段に取り直す。切っ先をこちらの喉の高さにして、いつでも突きを見舞うことができる体勢だ。

「野郎っ」

俊平は猛然と斬りかかったが、子どもの如くあしらわれるばかりである。

これで決めると、気力を込めた一撃も、軽く受け流された。

こちらの斬撃を刀の側面で受けて流したのは、単なる防御の技法ではない。受けた反動で刀身を旋回させ、つんのめった敵の不意を突いて斬る戦法なのだ。

俊平はなまじ勢い込んでいただけに、体勢も大きく崩れていた。

苛烈な袈裟斬りが迫り来る。

堀口をいたぶり殺そうとしたときよりも遙かに速い、本気の一刀だった。

思わず目を閉じかけた瞬間、ぎぃんと金属音が上がった。

「後は任せとけ、若いの」

頼もしい声で告げてきたのは、いきなり漆黒の闇の中から現れ出てきた宇野幸内であった。

平《ひら》にした刀身で凶刃をがっしり受け止め、三村の動きを封じている。

「ご、ご隠居！」

俊平は信じ難い面持ちで叫ぶ。

幸内が江戸城中に潜り込んだことは、遠山から聞かされていた。

憐と政吉には心配をかけちゃいけねぇ、駄目だったときも骨だけは拾ってきてやると遠山から約されて、俊平は幸内の安否がはっきりするまで自分独りの胸にしまっておくつもりでいたのだ。

それが三村に返り討ちにされかけたとたん、幸内は帰ってきた。

城中で何があったのかは与り知らぬが、以前より一層力強さを増した剣技で窮地を救ってくれたのである。

「いい面構えになったじゃねぇか。さっきの啖呵《たんか》、なかなかのもんだったぜ」

「よ、よくぞご無事で……」

「金四郎さんから聞いたのかい？　ったく、あの人はお喋りでいけねぇやな」

俊平に語りかけつつも、幸内は柄を支える力を緩めていない。ために三村は打っ外《ぱず》すこともできず、釘付けにされたままだった。

「おのれ……」

じたばたする様を冷たく見返し、幸内は淡々と問いかける。

「ひとつだけ聞くぜ」

「な、何だ！」

動けぬ恐怖に怯えながらも、三村は吠える。そうすることで奮起し、何とか間合いを切り直して反撃に転じるつもりなのだ。

しかし、幸内は離れない。俊平を残し、じりっと前に出る。

刀を合わせたまま後方へ退きかけた三村は、またしても同じ間合いに引き戻されてしまった。

「お前さん、もう南町は辞めちまったんだよな」

「あ、当たり前だっ。もはや縁無き処《ところ》ぞ！」

恐怖に耐えつつ、三村は必死の形相で叫ぶ。

それが唯一の希望の糸を自ら断ち切る真似であるとは気づいていない。

「そうかい……同心なら斬りたくなかったんだが、しようがねぇな」

ふっと吐息を漏らし、幸内は続けて問う。

「時にお前さん、俺の仲間を幾人陥れやがった？」

「そのようなこと、お……覚えてなどおらぬわっ！」

三村は喚くように答える。

「そんなら思い出させてやろうかね」

告げると同時に、幸内は合わせた刀を押し返した。小手先の力ではなく、腰から伸び上がるようにして全身の筋力で圧倒したのだ。

「うわっ」

体勢を崩した三村の左肩口に、重たい袈裟斬りが打ち込まれる。

「こいつぁ佐久間のぶんだ」

物打――切っ先から四寸の部分が食い込んだ瞬間、幸内は手の内を締めていた。

刃はずずっと肩骨を割り、左腕は用をなさなくなった。腕を落とされてはいなくても、支点となる肩を破壊されてはお終いだ。

「ぐっ……」

苦痛の呻きを上げつつ、三村は右手一本で刀を握る。両手で振るうときには左を軸とするが、片手でも戦えぬことはない。

しかし、幸内は容赦しなかった。

「こいつは矢部駿河守！」

見舞われた片手斬りを弾き返し、一喝すると同時に振るった刃が左腿《ひだりもも》を裂く。切断されるには至らずとも、刀を打ち振るうときの土台となる足腰を支え、前進後退するときの推進力ともなる左脚が使えなくなったのだ。

「う……う……」

もはや三村の戦う力は半減していた。

左半身は剣客の命である。左腕は刀を振るう軸、左脚は土台であり推進力である。

それが封じられてしまっては、立ち尽くしたまま右腕のみで戦うしかない。

とはいえ体の重心そのものが保てなくなっている今、がむしゃらに刀を振り回したところで正確に刃筋《はすじ》を通すことなどできるまい。

「どうでぇ、動くのもままならねぇ気分ってのは？」

幸内は三村を睨《ね》めつけたまま、静かに語りかける。

「仁杉の無念な気持ちが、ちったぁ判ったかい」

「た、助けてくれ……」

三村は完全に戦意を喪失し、命乞いを始めていた。

「す……すべては殿に命じられたことぞ……こ、殺しとうはなかったっ」

「ほんとかい？」

幸内は冷たく問い返したのみだった。

人を愛し、人を信じ、まだ救いのある者のためには仏となって奔走するのを厭わぬ幸内も、人と呼ぶに値せぬ、嬉々として悪行に及んだ者と対する場合は鬼と化す。

今がまさにそのときである。

地獄の鬼の如く、外道に罪の報いを与えずにはいられない。

罪に罰。悪には死。それは、自身もいずれ何者かの——鬼か仏か、閻魔《えんま》か地蔵かは定かでないが、裁きを受けることになるという自覚の下になしている仕置なのだ。

「嘘つき野郎が！」

怒りを込めて言い渡すや、幸内の刃が躍る。

三村が見舞ってきた凶刃を払い除け、脾腹《ひばら》を目がけて深々と突きを入れていた。

見れば、刀身が平《ひら》になっている。俊平が修めた天然理心流に独特の突き技だ。

「とどめはお前さんのぶんだぜ、若いの」

血濡れた刀を引き抜き、幸内は言った。

崩れ落ちた三村の痙攣《けいれん》が止まるまで、決して目を離さない。血刀の切っ先は足元に向けられており、起き上がる兆《きざ》しを見せれば即座に突き込める体勢となっていた。

「ひ……」

凄惨な戦いを見せつけられ、堀口は凍りついていた。

俊平が土手の下まで駆け下りて、無理やり引きずってきたのだ。

この男も悪の片割れには違いない。自分だけ助かろうなどとは甘すぎる。

されど、幸内は納めた刀を今一度鞘走らせようとはしなかった。

「よしねぇ、若ぃの」

自ら刀を抜きそうな勢いの俊平を押し止め、幸内はじっと堀口を見返した。穏やかになった表情の中で、両の目だけが変わらぬ気迫に満ちている。

「お前さんはまだ同心だったな？」

「は……はい、はいっ！」

堀口は必死で返事を繰り返す。死にたくない。その一念で絞り出した言葉だった。

その答えを真実にするのか、それとも偽りのまま腐らせるのかは当人次第である。

幸内はそう考えていた。

「勘違《かんちげ》ぇするんじゃねぇぜ、堀口さんよ」

それはまだ残っていると思えた、改悛の情に期待して与えた助言であった。

「心《こと》を同じくするってのは字面だけのこととは違うんだぜ。与力も同心もそうすりゃどんな事件も乗り越えていけらぁな。こいつぁ以前《まえ》にも言ったことだ」

「き、肝に銘じまするっ」

「わかってるだろうが、三度目はもうないぜ」

最後に言い置き、幸内は踵を返す。

闇の向こうから堀口の静かな嗚咽《おえつ》が聞こえてきた。


幸内と俊平の二人が大川伝いに新大橋の袂《たもと》まで出たとき、一艘の船が寄ってきた。

そこに立っていたのは村垣範正だった。先程、幸内を乗せて御濠《おほり》伝いに大川端まで出たところで斬り合う俊平の姿を目撃し、急を知って漕ぎ着けてくれたのだった。

「見事な裁きであったな、宇野殿」

「見ていなすったのかい」

「うむ。越前守様より命じられたのでな……」

船上に立ったまま、範正は告げてくる。城外での将軍警固においての機動性を重視したものらしい、お仕着せの忍び装束を着けていた。

どことなく、範正はばつの悪そうな顔である。

「おぬしが甲斐守様にまで刃を向けるならば、迷わず斬れとお命じになられたのさ」

「……で、何と知らせるつもりかね」

「御上意《ごじょうい》を外れた行いは皆無。天晴れな仇討ちでありましたって伝えるさね」

「かっちけねぇ（忝ない）、村垣さん」

「いいってことよ」

感謝の眼差しを向ける幸内に、範正は照れ臭げに微笑み返す。

「小十人組ってぇのは小っ旗本の部屋住みあがりの集まりでな。だれかさんみたいに四角四面な考えはしねぇもんさね。ま、睨まれねぇように上手くやるこった」

「すまねぇな」

「また手合わせといこうや。次は負けんぜ」

範正は右手を突き上げて見せ、意気揚々と漕ぎ去っていく。

宇野幸内はまた一人、頼もしい協力者を得たようであった。

天保の改革が実行に移され、奢侈を禁じられた人々の表情は浮かない。

幸内は相も変わらず、隠居暮らしを満喫《まんきつ》している。もともと質素に暮らしてきた身には贅沢の禁止など何の影響もありはしないのだ。

悠々自適かと思いきや、好きな読書にばかり耽ってもいられなかった。

「ご隠居、事件です！」

「なんでぇ若いの、相も変わらず頼りねぇこったなぁ」

「すみません。どうにも手に余るもんで……」

「そんなことじゃ、まだまだ憐を嫁にはやれねぇよ。しっかりしねぇ！」

駆け込んで来た俊平に説教しつつも、捕物の助言をする幸内の表情は明るい。

飄々としながらも亡き朋友のぶんまで江戸の治安を、そして人々の笑顔を守らんと、胸の内で絶やすことなく熱意を燃やしていた。


〈完〉

隠居《いんきょ》与力《よりき》吟味帖《ぎんみちょう》　男《おとこ》の背中《せなか》

牧《まき》　秀彦《ひでひこ》

学研M文庫

2009年6月23日　初版発行

●

発行人——大沢広彰

発行所——株式会社学習研究社

〒141-8510　東京都品川区西五反田2-11-8

印刷・製本—中央精版印刷株式会社

★ご購入・ご注文は、お近くの書店へお願いいたします。

★この本に関するお問い合わせは次のところへ。

• 編集内容に関することは —— 編集部直通　Tel 03-6431-1511

• 在庫・不良品(乱丁・落丁等)に関することは ——
出版販売部　Tel 03-6431-1201

• それ以外のこの本に関するお問い合わせは下記まで。
文書は、〒141-8510 東京都品川区西五反田2-11-8
学研お客様センター『隠居与力吟味帖』係
Tel 03-6431-1002(学研お客様センター)

落丁・乱丁本はお取り替えいたします。

定価はカバーに明記してあります。

ま-7-17